箱の中の天皇

赤坂真理

河出書房新社

目次

箱の中の天皇

箱の中の天皇

1

その部屋に行くのは、舟に乗るようで、好きだった。引き戸を引いて、入ると揺れ始める。しかしそれが、ゆりかごのようなのだ。時に歌など歌ってみる。呑んでもいないのにほろ酔い気分だ。

揺れているのは部屋ではなく、ここには見渡すかぎり海もない。

揺れているのは、人。

ベッドの上に身体を起こしたその人は、わたしを見て、微笑む。いつも同じところに、同じ人がいるというのは、いい。安心する。それが病室というものでも。

わたしも微笑んで、揺れだす。

その人は、いつも揺れている病気だ。診断名はパーキンソン病なのだが、もともと何かの化学物質か重金属の影響だとも聞いたことがある、と、若い看護師が言っていた。

彼女はいつも揺れている。それで歌でも歌おうものなら、ごきげんな老嬢に見えるのだが、不可抗力でいつも揺れている。神経の病気、とはそういうことだった。制御ができない。逆に、発作が出ると、固まるように動かないのだという。石のように。だから、揺れているのは、まだしも健康的なことだった。

発作を出さないための薬を欠かさない。服薬も食事も、自分で目測を誤るときがある。頭の揺れ方と手の揺れ方がちがうのだ。

わたしは彼女に食事をさせるのがうまかった。同じタイミングで揺れるから。見ていると、わたしも揺れてしまって、二人で揺れるのだ。合わせているというより、それは、合ってしまうのであり、いい心地だった。舟に乗っているような。二人でひとつの舟に揺られているような。彼女の部屋を去ると、揺れないことで、かえって陸酔《おかよ》いすることもあるほどだった。それで、話しながら二人で眠ることも。白河夜船とはよく言ったものだ。それはほろ酔いに似て、話など、しなくてもよくなってくる。ただ存在するだけの、それだけの、満たされた時間。

わたしは傾聴ボランティアをしている。

あるいは、ここに来るのは、いちばん身近な老いた女性と、こういう時間が持てないからかもしれなかった。つまりはわたし自身の母親と。

よく晴れた秋の昼下りだった。個室のすりガラスが、濃い陽光を乳の色に攪乱《かくらん》して、あたり全体が発光するようにまぶしい。

「まあ、いい日。舟のたまいれに、うってつけの日だこと」

目をほそめて、彼女が言った。

「舟？」

心の風景を透視されたような気持ちがして、思わず訊き返す。

揺れも止まってしまったくらいで、するとかえって自分の中がゆらゆらする。

「わたしの集落では、こんな日に、舟の魂《たまい》入れをしたものです」

「たまいれ？　舟？」

「舟は、たましいを入れないと空の箱で、走らないとわたしの集落の人は信じていました。人が、生まれた集落の外に出かけるときもそうです。『たま入れてけ』、と言いました」

また揺れだし、気づく。そうか、揺れると落ち着くのは、わたしたち自身の中にも、海の水があるからかもしれなかった。

「えーと道子さん、埼玉《ここ》のご出身では、ないのですか？」

ここは埼玉の老人施設、道子さんというのが彼女の名前だ。自己紹介するとき、みちこ、皇后様と同じ名前だけれど、字は、道路の道、父が道をつくっていたのです、とわたしに言った。

「生まれは天草」

「九州の？」

「島」

天草が島だと、わたしは知らなかった。

「どのへんですか？」

「鹿児島、熊本、そして天草の島に囲われた、懐《ふところ》深く凪《な》いだ内海がございます。それが不知火《しらぬい》。わが不知火海。こんなふうな、光凪《ひかりなぎ》」

わたしの抱える内面や秘密を、いくつも同時に見透かされたようで、内側でわたしはパニックになっていた。何かを訊きたかったが、訊きたいことをうまく取り出せなかった。

ふと見ると、道子さんがわたしのアイフォンをなでなでとしていた。

「あの、それ」

「あなた、だいじだいじよ」

不安定なところに置いたので、きっと保護してくれたのだ。骨に皮がはられただけのようなしわの寄った手が、石板のようなものをいとおしげに撫でる様に、なんとも言えず心を打たれた。よく見るとその手は日焼けしていた。

遠い潮の匂いを感じた。

「これ、なあに？」

「え？　あ、電話。それは、電話です」

「まぁ〜、電話〜」

道子さんは頬に当ててみる。

「石のごたる」

九州のことば。初めて、彼女が生まれた土地の方言で話すのを聞いた。

「たしかに石みたいですね」

船はたまを入れなければ空の箱、という言葉も気になっていた。彼女なら、わたしが抱え込んだ謎にこたえられるかもしれない。

ある「箱」に関しての、秘密。

「あの……とつぜんなんですが、天皇って、なんだと思いますか？」

言葉をさがすのに、出てくるのはこんな唐突な問いだけだった。

「天子様？　会ったことがあります」

道子さんがにっこりと言う。

「え？　園遊会とかで？　一般参賀？」

「ん？　天子様、いらしたのですよ」

「道子さんのところへ？」

「はい〜。あずき色の車で、すーっと。すーっと。横切っていかれました。地面には紅い絨毯《じゅうたん》が敷いてあって」

「なんの話ですか？」

「水俣ですよ。チッソの工場」

チッソというのは聞いたことがあった。たしか、

「水俣病のもとになった工場」

自分の中の答えのように、返事が返ってくる。わたしにとっては、教科書で見ただけのこと。

「行ったことがあるのですか？」

「水俣の育ちです」

「天子様が来たのは、何歳のときですか？」

「四歳」

意を決してわたしは訊く。

「天子様って、一体なんですか？」

誰にも訊けなかったことを、わたしはこの人に訊こうとしている。わたしの国でいちばん有名な人、天皇。私の国の人なら知らない人がいないという、たった一人の人を挙げるなら、それは、天皇。でも、何天皇を知っているかは、個人の体験になる。国民と一生を

ともにする人。そんな人は、他にいない。近親者や配偶者以外にはいない。特異な人だ。誰でも知っている人、なのに、誰もそれが何か、よくわかりはしない人。そんな人がいるとは、不思議な国。

「あ！　そういえば！」

とつぜんわたしは叫んでしまう。言わないと忘れる。

「どうしたの」

「紅《べに》をね、道子さんに差し上げようと思ったのです」

それは小さな練紅《ねりべに》だった。

出そうとするとき、指に「箱」が触れた。

ずっと持っている箱だ。わたしにとっても謎の象徴のような、小さな箱。左のポケットにも、同じ大きさ同じ材質、同じかたちの箱がある。義理堅くもないわたしが、これらの箱にかけられた約束だけは、破らずにいた。誰から来たかも本当のところ定かでない箱だ。これは、右の箱。念のため左のポケットにも手を入れる。左の箱もある。

箱のことは、訊かなければならない。でも今は、

「紅です。こうやって指でくるくるして、ぽんと。唇にも、頬にもどこにでも。植物の色素でできていて安全なんですって」

「まあ！　紅！　それは何より嬉しいわ！」

道子さんは、言い放つというほど強い調子で、喜んだ。

こう言われてみるとわかる。彼女はわたしと話すとき、標準語を使うようにしていた。生まれた土地の言葉を話すのを聞くと、標準語というのは、少しよそゆきであり、何か、伝えそこなってはいけないことのために、使うのだった。つまりはこのようなことのために。

本当だったのか、とわたしは思う。女性はいくつになっても、お化粧をしてあげると元気になるという話を、老人施設に勤める友達が教えてくれて、それでわたしは彼女に紅をプレゼントしようと思った。でも、本当だったのか。お菓子より本より音楽より、こんな小さな紅を女性は喜ぶのか。私は彼女を喜ばせようと、なんでもしたのに。そうだよね。大事なのだ。女性が自分を可愛くすること。女性が、愛されること。

「わたしの集落に『紅《べに》さしさん』というんが、おらいました」

道子さんが話し始めた。

「紅さしさん？　お化粧してくれる人？」

「いえ〜、魔を祓《はら》ったり、病気を治したり」

呪術師。祈禱師。それに紅を使うのだろう。紅の色にも成分にも、そういう効果があったのだろう。たぶん祭りの稚児や七五三のお化粧もそういう意味だったのだ。

〃紅さしさん〃

と道子さんはわたしのノートにボールペンで、震える手で書き始め、地図を描き始めた。地図というか、道の図だ。

「ここがわたくしの家、ここに雑貨屋があり、ここからは海。広大にして、庭のような海。紅さしさんの家はここ」

水際だった。芸能民は、キワにいる。

五時を知らせる、町内放送が流れる。夕焼け小焼けで日が暮れて、というメロディ。

「そして、五時になると瞽女《ごぜ》が流しだして」

「瞽女って、流しの芸人だったんですね?」

「はい」

瞽女は、家や店に招き入れられて芸をする芸能者だったのだ。たしかに、瞽女にきちんとした家があるとも思えなかった。今で言うホームレスに近いのかもしれなかった。わたしはそういうことを、考えたことがなかった。瞽女は置屋《おきや》のようなところに暮らしていると思っていた。それは、女郎だ。春をひさぐ人たちのほうが、保護されていた、ある意味。川の匂いがする。河口のような。潮の匂いまで。海も川もない埼玉の内陸部で、どこからするのか。生活排水の匂いか。

道子さんはご機嫌で、鼻歌など歌いながら紅を指でくるくるしている。

「そうだ、今日はちょうど、面白いテレビがあるのよ」

道子さんは、いつも唐突にものを言う。おっとりした口調で。揺れながらちょっと楽しそうに。

「みましょう」

道子さんは、わたしのアイフォンのすべすべした面に触れた。アイフォンの画面が、見たこともない光り方をして、なぜだか離れたテレビがついた。

今上天皇《きんじょう》が映っていた。今上天皇が二〇一六年に退位の希望を表明したと言われる、いわゆる「お気持ち」と言われるメッセージ放映の画面だ。

「ほら天子様」

「え、これって……再放送ですか?」

わたしは訊く。

「いつも、そのときやっていています」

「いや録画でしょう」

「いつも、繰り返しです」

道子さんは、にっこりした。

二人で画面に見入った。なぜだか静止画だ。今上天皇が、障子《しょうじ》のある出窓の前の机に座っている。

「まりこしゃん」

振り向くと、眉間《みけん》にさわられた。

そういえば、年配の人は、子のつかない女の名前に子をつけて呼ぶことがあった。子をつけるのが敬称なのである……と、そんなどうでもいいことを、思った。

何か、強烈な既視感があった。

すべてのゆれが、一瞬止まった。世界は静止した。

「あん人にも、紅ばさして」

道子さんは、テレビの中を指差す。いや、テレビの「中」などという、空間があればだが。

「わたしの好きだった、あん人」

「それは先代では」

「あん人たい」

道子さんに手をとられ、指を紅にのせられる。朱肉のようだった。今から血判状に拇印《ぼいん》を押させられる気分だった。

でもどこに?

悩む間もなく、わたしの人差し指は人を指している。人差し指は、人を指す指といわんばかりに。彼《か》の人の、眉間を指す。

世界のすべてが大きく揺れ、光の粒に還元され、渦になって、呑まれ、呑み、呑みあった。

2

わたしと、箱の話。

話は、一年前にさかのぼる。

その部屋に入ったとき、船室に入ったような気がした。

初めてなのに、懐かしい家に入ったような気もした。

ホテル。名前はニューグランド。横浜にある古いアメリカ的なホテル。

オーク色の家具、ドレープを描いて重く垂れ下がるカーテン、ひとつの大きなベッド、皺《しわ》ひとつなくベッドに折り込まれた、パリッと糊《のり》の利いたシーツ、金のタッセルつきクッション。ヘッドボードの上の壁にある鏡。クロゼット。クロゼットは猫脚に支えられている。色が統一されている。落ち着く。すべてが他のすべてと同時に生まれたような、統一感がある。ひとつひとつ部品をあてはめた感じがなく、無駄に出たところがない。色は白と、焦げ茶と、ごく薄い水色。まるで私の心がなめされてそこにあるようだ。シンプルで、無駄なものはない。そこはまるで修道院のように質素で、しかしひとつひとつのものに高級感と重厚感がある。

このホテルの名を、ニューグランドとは、よく言ったものだ。ホテルニューグランド、横浜。その旧館。

アメリカのニューイングランドのような部屋。

そうか、ここはわたしがいた場所に似ている。

アメリカのニューイングランドに、十代の一時期、一人でいた。曇って、薄暗く、寒い場所だった。ゆるい起伏を繰り返す田園は、牧場の朝のように靄《もや》って、湿地《メドウ》のようだ。川にかかる太鼓橋。秋には紅葉が燃えたち、そこから白と土の茶色だけの世界になる。晴れの記憶がない。後に行ったイングランド、霧の街と呼ばれたロンドンのほうが、まだ晴れていたくらいだ。

ニューイングランド。そこにはわたしの傷がある。にもかかわらずわたしはそこを懐かしむ。そこに似た風景の中で、しっくり落ち着く。人生において、あの傷がなかったらと思わずにいられないのに、傷のありかをこそ、懐かしく思い出す。傷の在り処にこそ、くつろぎを感じる。

そうだ、ニューイングランドの部屋は、なぜか船室に似ていると昔から思っていた。海などない土地でもだ。

ニューイングランドの人たちは、自分たちが船でアメリカ大陸に渡ってきたことを、誇りにしているのかもしれなかった。それで船室のようなインテリアを居室に好むのかもしれなかった。

崇高な理想というよりは、ヨーロッパにいられなくなった人たちや食い詰めた移民が多かったのだろう、と、頭では思う。でも、そんな誇りとヴァイタリティと美的センスは、少しうらやましい。それは先住民を虐殺したこととは別の次元で、すごさを感じる。

広い意味では、ニューイングランドとは、海辺かもしれなかった。人は最初は、水の近くにしか住めない。

船室というのが落ち着くのは、人が部屋に包まれていると同時に、部屋が海に抱かれているからかもしれなかった。だから、船室というのはある種、子宮を思わせた。

ニューイングランドとは、見ようによっては、水辺に栄えた土地だった。そしてそこからアメリカへの入植者がエリアを広げていくと、のちにニューヨークとなる場所に至る。その中心地たる、凪いだ内海の小さな島のような中州マンハッタンは、少なくともこの百年ほど、世界の中心地だった。

およそ「ニュー」とは、アメリカの定冠詞のようなものだ。ニューイングランド、ニューハンプシャー、ニューアムステルダム改めニューヨーク。みんな、アメリカ人たちがあとにしてきた地名にニューとつけたものだ。アメリカのニューとは、ヨーロッパに対するニューなのだ。否定したかったのか、懐かしんだのか、わたしにはわからない。とにかく旧世界から来た人たちは、自分たちの新しい土地に、ニューとつけた。もちろん、そこに元から住んでいる人たちがいたにしても、そこはまっさらな新世界だった。二〇〇と数十年前には。そこは荒れ地だったのだ。そしておよそ一五〇年前、荒れ地を開拓した彼らはこの日本に来た。大砲を持って不平等な商売の条約を結ぶために。捕鯨基地を探すために。言わせてもらえば、その彼らがなぜ今捕鯨で日本を非難するのかわからない。その頃わたしの国では人々は着物を着てまげを結っていた。そうして栄えたのが、この街、ただの漁村だったこの街、横浜。

落ち着くわけがわかった。アメリカのニューイングランドの家とは、質素なのだ。余計な装飾がない。そこが高級に見えて、実のところ質素で、それこそがアメリカのモードなのだということは、大人になってわかった。清教徒のモード。そしてここでは、何かに守られているような気持ちの安定がある。

なんだろう、父……のようなもの。

思い出した、両親の寝室もこんなだった。ひとつの巨大なベッドがあって、わたしたち三人兄妹は子供の頃よくプロレスや柔道ごっこをしていた。

不思議だったのは、そこにはベッドがあると同時に、父の仕事机も、母の三面鏡も、あったということだ。それはどういう部屋だったのだ？　機能性で分かれた部屋ではなかったし、時間で使いみちが違う和室のようなものでもなかった。そこは、特定メンバーに割り当てられた部屋であり、すべてが混在したわたしの生家で、子供部屋が建て増しされるまでは唯一、住人を割り当てられた部屋だった。

思えばわたしの生家は時代も様式も用途もいろいろごちゃまぜで、居間には仏壇と神棚が在った。わたしが子供の頃には生きていた大陸帰りの祖父が、毎朝神棚に向かってお神《み》酒《き》とお灯明をあげ「南無大師遍照金剛」と仏教の題目を唱えていた。雨戸は木で、閂《かんぬき》を掛け外しして開けしめする。温度や湿度で、季節ごとに建付けや閂の抜き差しの加減がちがった。カーテンというものが存在しなかった。私の部屋は、もともとは住み込みのお手伝いさんの部屋で、勝手口のすぐ脇にあった。女と子供は勝手口から出入りし玄関を使わない。上の兄の部屋は二階で、しかし三人兄妹みんなが習わされているピアノのある部屋であった。下の兄の部屋は、一階の廊下の突き当りの北の小部屋で、掃《は》き出し窓があり、時代劇の間者《かんじや》がくる部屋のようで面白かった。そこは下の兄の部屋だったが、みんなの子供部屋でもあり、三人それぞれの持ち物をいれる抽斗《ひきだし》があった。そして同時に奥の部屋と呼ばれ、母が子供を叱る部屋だった。奥の部屋、というのは、一種の脅し文句だったほどだ。

和風でも洋風でもないあの家の、唯一の純洋風で整然とした部屋が、両親の部屋だったかもしれない。とはいえ、夜眠る以外は、そこは、誰の部屋でもあった。

夜だけの「大人部屋」。だから、ホテルみたいだった。

ベッドがあって、デスクがあって、鏡があって。

そして今思う、あれは唯一、父を感じる部屋だった。

それが、この部屋と似ている。

そんなホテルニューグランドに、わたしは母と来た。父はもういない。とうにいない。

三十年もいない。あの家もない。父と同じに三十年も、ない。父が借金の抵当に入れて失ったのだった。

「父はいない。三十年もいない」

と思ってみたとき、初めてわたしは英語のHe has been dead for thirty years.という英語の言い回しが身にしみた。彼は三十年前に死んだのではない、三十年間、死んでいた。死んでいるという在り方で、三十年間、いた。生きている、とはちがうかもしれない。でも存在するにはかわりない。わたしは父と再会したような気持ちがした。

気がつけば、ずっととなりにいたのだという感じ。やあ、とひょっこりそこにいたという感じ。なんだそこにいたんだね。「ない」ように見えるやり方で、そこにいたんだね。ずっといたんだね。He has been ～という現在完了形は、過去から今も続いている事柄について言う。この感じにぴったりだ。現在完了形は、実は完了していない。なぜ現在完了なんて訳語がついたか不思議なほどだ。原語なら、現在完了形はpresent perfectなんだ、完璧（perfect）に、現在（present）に存在する（present）じゃないか。

だったらわたしは？　わたしがもしかしたら幽霊なのかもしれない。

母とここに来たのは、ここが父と母との思い出の地だったからだ。父と母は、結婚したその夜に、ここに泊まった。翌日ここからハネムーンに出かけた。一九五九年十月のことだ。

わたしは母と、わたしのものでもありはしない思い出をなぞろうとしているのだろうか。

思い出を、つくろうとしているのだろうか。わたしは母のなんなのだろうか。

ここに来なければ、父と母の運命はちがったものになっていたのだろうか。そうしたら
わたしはこの世にいたのだろうか。

何をしても喜ばなかったこの人が、喜ぶとでもいうのか。

わたしがいなければもしかして父の仕事は破綻しなかったのだろうか。

他の子だったら、母は、もっと笑ってくれただろうか。

思い出す限り、母の晴れた顔を、あまり見たことがない。

母はいつも何かを憂いていた。

ああ、言いたいことは、ちがう。

問題は、
そう、
存在するか、しないか。

To be or not to be —— That is the question.

ハムレットの問いが、唐突に、理解できてしまう。

Sometimes I wish I'd never been born at all.

ときどき、生まれなかったらよかったと願う。

そう書いたのは、フレディ・マーキュリー。

生まれること自体、運命へのチャレンジだという気がする。

Questionという言葉がQuest（冒険）でできているということにも、突然打たれる。


その夜。

母とひとつの大きなベッドに寝ていた。

夜中に、音を聞いた。

カタカタいう音。大勢の人が低く話す声。男の声があり、女の声がある。

椅子に男が座っていた。こちらに背を向け、デスクに座っている。

「パパ？」

思った。

夜中に目をさまし、両親のベッドから、父のデスクを見ているのだと。

父のデスクも、デスクの前の父も、好きだった。そこには図面や、うんと硬い鉛筆や、雲形定規《くもがたじょうぎ》があった。

父が何かと通信している？　あるいは、通話している。

ちがう。父じゃない。

後ろ姿がちがうし、わたしは父の後ろ姿をもう思い出せないがちがうし、父の背中はあんなに大きくない。

だったら誰だ？　わたしは声が出ない。

知らない人が部屋にいる。騒ぐべきか寝たふりをすべきか。

第一、声が出ない。指一本動かせない。

金縛りに遭ったように、進行中のことを見た。

それは芝居を観るようだった。そして気づいてみればわたしは、怖いとも不安だとも思うのに、感情はどこか観念的で、その感情を、わたし自身が身をもっては感じられていない。

その人はなにかと交信している。それはたしかなことだった。

「『グランドホテル』みたいだ」

わたしは思った。

いつか観たお芝居を思い出したのだ。たしか宝塚歌劇だった。昔のベルリンに実在したというコスモポリタンな高級ホテル「グランドホテル」が舞台の歌劇。落ち目の女優、男爵、などが、ホテルという、見知らぬ人の集まる場で、身分を偽ったり見栄を張ったり本心を隠したりしてつきあう。それでも、嘘から本気で恋に落ちることもあれば、おふざけで命を落とすこともある。隣人の本当の素性がわからないまま繰り広げられる群像の悲喜劇。その演出で、舞台上に、いつも電話交換手がいた。モーニングコールの依頼を受けたりルームサービスの注文を受けたり、外線をつないだりするのだ。ホテルとは、古い信用商売だとも思った。こうしたすべてがその場の現金払いではなく部屋代へのツケなのだから。

その劇では電話の交換手が世界をつないでいた。ボードゲームのように、ジャックをしかるべきところに挿すと、電話が通じる。テレフォン。不思議な言葉だ。遠く《テレ》と音声《フォン》で話せる、という。

グランドホテル…………思い出す、ここは、ホテルニューグランド。

横浜港に臨む、横浜山下町。カーテンを開ければ、マストに灯りをともされた日本郵船の船、氷川丸があるはずだ。

薄い煙がたなびいてきた。甘い匂いがした。パイプ煙草の匂い。父も一時期パイプを使ったことがあり、刻み煙草の匂いはわかる。煙草が嫌いなわたしでも好きな、甘い匂いだった。

パイプの煙が生き物のように動くのを、怖さも忘れて、わたしは見てしまう。空をゆく雲に見入るように。それは獣のようになり、龍や飛ぶ鳥のようになり、人の顔のようになった。

後ろ姿の男は、薄いカーキの服を着ていた。何かの、制服のような。

よく見ると、彼が面している壁は、交換ボードや、その他の機材で埋め尽くされ通信基地のようになっている。

“This is General MacArthur.”

後ろ姿の男が、明瞭な英語で言った。「わたしはマッカーサー元帥だ」と。日本の占領軍総司令官。歴史の図版でしか見たことのない彼の、後ろ姿。コーンパイプ。今見るとパイプの簡素版みたいな、大きなキセルみたいな、コーンパイプ。ひとつの木から彫り出し磨き上げた工芸品であるイギリス風パイプとはちがう。こういうとこやっぱりアメリカなんだなあと、妙なところにわたしは感心してしまう。そんなカジュアルさにこそ、戦争直後の日本人がしびれたであろうことも。軍装、カジュアルなパイプ、レイバンのサングラス。

“Can you hear me?”

聞いてるか?

深いような、苛立ったような声の、問い。

聞いてるかと問われたほうが、ざわついている。向こうは複数で、日本語だ。まるで交換板の中にも数多《あまた》の交換手がいて、受け取って、少しずつ変形して渡し、返ってきたものをまた変形して、返しているかのようだ。それらは蜂の巣の中のひそやかな談笑のように聞こえた。

“CAN YOU HEAR ME?”

相手を急《せ》かすように繰り返されるマッカーサーの問い。

“Yes, sir!”

聞いております！

日本語訛《なま》りの、おののいた声の、答えがある。そののち少し遠くから、

「いつ貴君のところへうかがえばよいのか」

という日本語が聞こえる。甲高い男性の声だ。それに対する英訳が聞こえ始める。かぶせるように、マッカーサーが言う。

“Right now!”

今すぐだ！

“But we can't, sir. It's around midnight.”

しかし、行けません、閣下《サー》。今は真夜中になんなんとしています。

"I'm just kidding, but I want to hear Hirohito say Yes."

ジャスト・キディング、というのは「ただの冗談だよ」というよくある英語だが、キッドという動詞が、このときには本当の子供《キッド》あつかいに感じられた。

日本語の人たちが戸惑い協議している。

"Just say Yes, that'll do."

ただイエスと言えば、それですむのに。

「イエス」

そのときすべての躊躇や静止を振り切って、男が言った。ヒロヒトだ、とわたしは直感した。

その響きがプリズムとなって、パイプの煙を振動させた。パイプの煙が変形して、人の形になった。

昭和天皇が、そこにいた。

昭和天皇とマッカーサーは抱擁をひとつかわす。

昭和天皇は薄いホログラムのようで、軍服ではなく衣冠束帯だった。

その後マッカーサーはコーンパイプを大きく吸った。煙は吸い込まれ、天皇の姿も消えた。

マッカーサーは、いつの間にか手に小さな黒い箱を持っていて、肺に息をためると、その息を箱に向かって吹き込む。そして封印するかのような所作をする。彼は空の箱を振る。それはなんらかの音を立てた、ように、わたしは思った。

"I'm sorry."

マッカーサーは言った。

アイム・ソーリー。それは、ごめんなさいという言葉ではなかった。いやそもそも、英語のI'm sorryに、相手の許しを乞う意味はうすい。初めてそれに気づく。英語のI'm sorryは、自分の気持ちを表す言葉だ。わたしが、すまなく思う。わたしが、残念に思う。

マッカーサーの横顔が見えた。そのとき、

「君を気の毒に思うよ」

という日本語がやってきて、わたしはふいと金縛りから解き放され、涙を流した。

母が、寝言で何かをうめいた。悲しげに。moanというのがぴったりなうめき。じっさい、モォン、というような、そんな音なのだ。

Sorry(すまない)、Sore(痛み)、Sorrow(悲しみ)。よく似た音の、どこか似通った言葉たちを想う。

こんにちは、わたしの悲しみ。

翌日、母と横浜の地を歩いた。

ふたりとも横浜に土地勘があるわけではなかった。わたしたち家族は東京の中央線沿線の高円寺という街で長く暮らした。新宿から少し西へ行った街だ。東京に海があって、それが湾だなんて、思っちゃなかった。中野、高円寺、阿佐ヶ谷、荻窪あたりは古くは東京市の郊外と言われた場所で、父の家族が、戦中に下町から移ってきた。わたしたち家族は、その後、父がバブル期の円高誘導で会社を倒産させて、家を失い、本当の「郊外」とはどういう場所であるか、知ることになる。母は、そのことにおいて、いまだに父をゆるしていないように見える。共有の財産で賭けをして、負けてしまった人のように思っている。父はその後すぐに病気で死んでしまったから、責めようもないのは、一体よかったのか、さらに悪かったのか。

Oh, it's been thirty years, おお三十年が経ち、母はなにぶんにも年寄ったから、危険のないように、随所で手をつないだ。

眼の前には山下公園が広がっていた。段差を前に手をつなぐと、

"Leave me alone!"

はなしてよ！

母が、とつぜん言って、わたしの手をふりほどく。

“Don’t touch me!”

さわらないで。

「ママ?」

ショックを受けてわたしが言うと、彼女は驚いた顔でわたしを見る。自分の娘でも認知しないという、これが世に聞く認知症、親世代がそうなったという話を聞くことは決して少なくもなく、自分にもその決定的一瞬が来たのかと、わたしは瞬間、身構えた。

「まりさん」

母はわたしの名を呼んで、我に返った顔をする。わたしは、ちゃんづけされたことはあまりなくて、呼び捨てか、さんづけだった。

「どうしたの?」

「話しかけてくる人がいたの」

「いないわ」

周囲には山下公園の人と、ときおり飛びたつ鴎《かもめ》。

「“Talking into my ears.”ってかんじで」

母は英語交じりで言った。母は、英語が敵性言語な時代から習っていたというめずらしい人だった。intoという前置詞がよくわかる。英語は前置詞にその体感が表れると思う。intoは本当に、耳の穴の中に息や言葉を吹き込まれる、という感じだ。

「英語なのよ」

「それで英語で返したのか。うーん……それ、もしかして耳の中から、するんじゃないの?」

「耳の、中?」

「補聴器」

母とわたしが横浜に来たのは、補聴器を買いにだ。横浜にいい医者がいるという噂を聞いて、そこに行きたいと母が言ったから、ならばと、父母の思い出の地、ホテルニューグランド旅行とパックにした。

その耳鼻科では検査をして、その人用に調整した補聴器をつくり、装着して一日過ごしてもらい、翌日もう一度診察、という運びだった。東京の郊外にまで帰ることはむずかしかったから、横浜に泊まる必要があった。そして、どうせ泊まるなら思い出のある地に、と思ったというわけだった。

「ああ、今も何か言ってる」

「そっちにあんまり注意を向けないでみて。わたしの唇を見て、わたしの声を聞いて」

器はアンプと同じ原理と言っていた」

「ねえママ、わたし、ロックバンドやったことあるけどね、アンプが、たまに、無線とか拾ってしまうことがあった。外の通りを走るトラックの無線とか。耳の検査の人も、補聴器はアンプと同じ原理と言っていた」

「むずかしいけど」


実を言うと補聴器の説明を受けたとき、そう思ったことを、わたしは母に言った。検査技師が、元アンプ設計者で、そんなことを言っていたのだ。

「声が響くから、もう少し、低い声で話してくれない？」

わたしは声を小さくする。

「そうじゃなく、低い声」

「音域、が？」

「そう」

補聴器は、本人の中で聞き取りにくい周波数帯の信号を、空気中からキャッチして選択的に増幅する。そのとき、なんらかの電波を拾うことはないのかと、わたしは思った。また、周波数と周波数の間に、ハウリングなどが起きることがまれにあるという。

「でも、いたのよ、姿も見たの、白塗りのおばあさんよ、気持ち悪いの。白塗りで、紅い口紅をつけていて、白いドレスに白いヒールで。履いて履いて、低くちびてしまった白いヒールで、腰もこんなに曲がって。気持ち悪いの。お化けみたい」

「見も、したわけ？」

わたしは考えこんでしまった。そんなディテールは、母に考えつけそうもない。その一方で、それは典型的な都市伝説を具現化した人間のようにも思えるし、典型的なお化けの姿にも思える。

もしわたしの「補聴器が電波受信機となった説」が正しいなら、それが受信した電波は、電波は電波でも、ラジオ波でなくテレビ波ということになる。そのうえ母は、耳だけではなく、彼女の視覚野までも使ってそれを全身で受信したことになる。

いくらなんだって、そこまでのことがありうるだろうか？　でも、そうでないならあれは？

「幽霊……？」

わたしはつぶやき、昨日の夜ふけにホテルでわたしが見た光景を思い出したが、母には言わなかった。あれは夢だったのか、幽霊だったのか。幽霊と夢にちがいはあるのか。

幽霊は、いるかもしれない。わたしたちの多くには、不在に見えるようなかたちで、存在するのかも。そしてその存在は、どうかしない限りは、この世界から消えないのだ。霊が、人間のこの世界の周波数から外れて上がるのを、成仏というのかもしれない。しかし別の世界に、別の周波数でまた存在する。壮大な、エネルギー保存の法則。いや、なんらかの方法で信号が増幅されて受信される、というのは、案外、幽霊の本質であるかもしれなかった。

再受診した横浜の耳鼻科クリニックで、補聴器のアンプが外の電波を拾う可能性について訊いてみたが、もちろん、そんなケースはあったためしがないと言われた。まして、それを着《つ》けた人がテレビ受信機になりますかなどと、訊けるはずもなかった。

耳鼻科クリニックを出て、往来に出るとき、段差があった。母の手を取った。その手が、やけに細いと思った。

「センキュ」

聞き慣れぬ声が言った。

見ると、母が形容したとおりの人がいた。

白塗り。真っ赤な口紅。白いレースのワンピース、白いストッキングに、ちびて傾いた白いヒール。

それはお化けのようでもあり、道化のような、不思議な祝祭の神に感じられもした。

彼女はわたしに手をとられ、まるで騎士に手をとられる貴婦人のように、艶然《えんぜん》とほほえんだ。唇の下には、歯がないのがわかる。

耳に聞こえ、姿が見えるだけではなかった。わたしには、手の感触もあったし、彼女の白粉《おしろい》の匂いもした。白粉の下の、ホームレス的としか言いようのない匂いも。

思わず周囲を見渡し、母を見つける。

"What's wrong?"

どうしたの？

と、彼女がわたしに言った。直訳すれば、何がまちがってるの？　という英語だ。

"Everything is wrong!"

すべてまちがってるでしょう！

私は言った。隣にいるのは母じゃなくて知らない奇矯な老婆だし。

「心配しない」

彼女は返した。

「心配ですよ！　母とはぐれてしまう」

「母はここに」

「ちがうから！」

「いきましょ」

今では彼女がわたしの手をとっている。曲がった腰の姿で、ずんずん歩く。どんどん風景が流れる。

「知ってる？　山下公園は、関東大震災の瓦礫《がれき》で海を埋め立ててできたの。だから、潰れた銀行やら、商店やら、紙くずになった紙幣やら、少なからぬ犬猫の骨、人の骨、そんなものでできてる」

「へえ」

それには純粋に感心した。

母とわたしとの間に人波が割って入る。見失わないように見ている。

「それから横浜は、『出島』のようなところだったの」

「出島、とは？　長崎の？　それは初耳です。横浜は文明開化の象徴では？」

「だから、出島と同じように、外国人を囲い込める土地を選んだのよアナタ」

「なるほど。だから『横』浜」

脇《よこ》にあったにすぎない小さな港を、主役にしたのか。もっと使い勝手のいい港があったにちがいない。外国人は、神奈川港を開きたかったと聞いたことがある。

「娼婦を封じ込めたエリアもあったの」

たしかに、コンパクトに閉じた港は、封じ込めとしては、やりやすかったにちがいない。

「そうなんですね」

「関門の中が、関内。外が、関外」

「あ、関内ってそういう地名なんですね！」

「そうそう」

「あの、あなたは俳優さんですか？」

真っ白塗りの顔は、常人ではなかった。当たり障りのない問いは、わたしにはこれしかなかった。

「ちがいます、わたしは皇后陛下」

「おお！」

「わたしは象徴」

「なるほど」

「天皇陛下は？」

「陛下は、ホレ、これに」

彼女は小さな箱を取り出し、振った。何か、小さなものが音をたてた、気がした。

マッカーサーが天皇のエクトプラズムを入れた、あの箱だった。私は息を呑んだ。うまい問いが出てこない。

「おさみしく、ないのですか、あなたは？」

陛下がそこにいるなら、夫は生身としては、不在となる。いつからそうなのか知らないのだが。こんな問いかけをしたいわけでもなかったが。

「もともと、こういう存在だから」

「天皇陛下、ちゃんと、おられるじゃないですか」

狂った老婆と見ることもできた。でもなぜか、その話にわたしは引き込まれていった。

「あれはお人形なのです。ふだんは、たまを抜いておられます」

「人形があんなに精妙な動きをするものですか？」

「いろいろな人が上手に操っておられますし、天皇とはもともとそういうものです。それにあぁた、みなさん、こう言っちゃナンですけどもね、陛下を生身のかただと思っていないでしょう？　生身と思ったら、あんなに何でも押し付けられます？　『押しつけ憲法』と言いますけれどね、今に始まったことじゃないんです。陛下にとっては、どれも押しつけ憲法。ぜんぶ陛下に、押しつけ憲法。利用するときだけ、木偶《でく》の坊を利用するように、人間であることを利用するのですよ」

「たましいが、ないと？」

「人は、そういう存在です、たまはいつも外にあります、そちらが本体です。たまは肉体に宿るというよりは、まとうような、付着させるようなものです。天皇様はその象徴です。でも、たまの遷移《せんい》の技能に長《た》けているという意味で、特別な人たちです。その技能が……」

言いかけて彼女は、急に言葉を呑みこんだ。

そして、聞かれてはならない秘密を打ち明けるように、わたしの腕を引き寄せて、ささやいた。

「わが、一族は、それを、助けて、まいりました」

「な、なるほど」

「占領軍が来たとき、たまを、遷移させる必要がありました。緊急避難です。占領軍におさえられてはいけないのです。それをしたのは、わが一族です。女が、一度その身に宿して、産み落とすように、たまを別所に移すのです。たいへんなお役目でございます。命の危険がございます」

「そう……だろうね」

それが本当だとしたら、命の危険があるというのも、あながち嘘ではあるまいと思えた。

そしてなぜだか、それを狂女の嘘と決めつけられなかった。

「ところが、でございます」

「ところが?」

「鬼畜と聞いていたアメリカ人が、悪い人たちではありませんでした。なんと優しい人たちだったのです。そこに、ゆるみが、狂いが、生じたのだと思います。陛下も、わたしたちも」

「それで」

「遷移が不十分でした」

ふと、わたしはこう訊いた。

「その箱は、誰が?」

わたしが言うと、

「皇祖です。わが系譜が、守ってきたもの」

「あなたは皇統に連なる人なのですか?」

天皇や天皇家にゆかりの人間であるというホラを吹く人を、いつからか聞かなくなったと思った。昔はわりあいいたように思う。

「血族ではありません。霊統です。そして」

「そして?」

「ここにいまひとつ、箱がございますの」

「え、誰から?」

「強いていえば、わたくしから。この箱は、ダミーです。まちがわないようにしてくださ
い」

「まちがわないようにって、ほんと見分けつかないし」

深刻なもの言いに、思わず失笑しながらわたしはやりとりを続ける。

「何か目印でも?」

「ございません。つけても、いけません。知られてしまうからです」

「知られてしまう?」

「そうです。くれぐれもあなた様が、気をつけて」

「わたしが?」

「くれぐれも、どちらがどちらか覚えていて。たまが入ったほうを、まちがって渡してし
まったらこの国の滅亡です」

「渡すって誰に。わたし、が?」

「シッ!」

前から警官が来た。彼女はわたしと腕を組んで、そしらぬそぶりで歩きはじめた。

「おばあちゃん、ここで何してるのかな。客引きは、できないんだよ。風営法が変わってね。そちらの人は?」

わたしを指して、警官は言った。

娘です、とわたしはとっさに答えようかと思った。あるいは友人ですと。この人は、悪いことなんかしていない人だ。言えば助けてあげられるかもしれない。でも飲み込んだ。一緒に職務質問とかを受けることになったら面倒だからだ。それにわたしは、本当の母とはぐれてはいけないのだし。

「ちょっと、署までご同行ください」

警察官は、老女を引っ張っていった。

彼女は振り向かずにわたしに手を振った。手を振り返すこともできないわたしの手の中に、右と、左と、箱がひとつずつあった。そっくりで、手触りも重さも、一緒だった。何があっても、どちらがどちらか、覚えていなければいけないらしい。

母のところへ戻ろうとした。

母はわたしと離れたとは思っていない。ただ一人でいた。

戻ろうとする。

横浜の喧騒《けんそう》が一瞬、臭気の川のように、母とわたしの間に入る。

"Hi, Mary."

ハイ、メアリ。

若いアメリカ人に声をかけられた。ハイ、メアリ、彼は言う。アメリカ人だと、反射的に思う。軍服を着ている。この国で本物の軍服を着ている人は、自衛隊員かアメリカ人しかいないだろうと。しかし、街なかで軍服を着ているとは、めずらしい。いくらここがヨコハマでも。

"Who? Me?"

わたしのこと? と、わたしは応《こた》える。

"Of course, it's you!　Glad to see you!"

もちろんあなたです。お会いできてうれしい!

わたしの名前をなぜ知っているんだと思う。わたしの名前はマリで、英語圏の人はだいたいメアリと発音する。でも、英語圏によくある名だから、誰でもメアリとか、ジェーンとか、とりあえず呼んでみるのかもしれない。

母とはぐれてしまう、

そう思って見渡したとき、あたりの風景は一変していた。

しばらく歩くと、酒場にいる。

ある種異常な活気のある店だ。酒があって、男がいて女がいて、博打《ばくち》うちがいて兵士がいる。熱気と食べ物の湯気と汗と体臭の入りまじった空気。バンドの音楽。怒鳴るような声、嬌声。媚態、ダンス、喧嘩、キスに抱擁。


“Let's go to the opera.”

オペラに行こうよ。

“Opera? What year is this?”

オペラですって? 今は、何年?

“1946”

今は何年ですかなんて、一体あなたは何を言い出すんですかと、米軍将校は、丁重なジョークめかして言い、輝くばかりの白い歯をわたしに見せて笑った。

一九四六年だと。

一九四六年に、わたしは現代の格好をしている。日本人はわたしをジロジロ見る。異様に清潔で綺麗だからだ。まるではきだめに鶴だ。アメリカ人はわたしが清潔で綺麗であることを気にもとめない。彼らにとってはごくふつうでしかないからだ。健康で文化的な最低限度の生活、という憲法の一節を、不意に思い出す。店の日本人の中でほとんどわたしだけが、米軍兵たちと釣り合う格好をしている。いずれも、取り立てて贅沢な服装ではない、が、最低限の小綺麗な水準を満たすということが、一九四六年の標準的な日本人には、できなかった。水準を超えている日本人は、あとは、娼婦だ。娼婦たちにも、わたしはいい顔をされない。縄張り荒らし、掟破りと思われる。自分にそのつもりがなくても、そうとられる。彼女たちの背後には情夫がいる。要するに腕に物を言わせる用心棒、ポン引き。怖い目に遭う予感がした。

わたしは気づく、一九四六年に現代の格好をして歩いていると、アメリカ陣営の人に見える。わたしは日系アメリカ人、と思ってみる。すると不思議なことに、優越と慈愛を同時に感じる。そんな自分に驚く。日系アメリカ人女性の、占領政策担当者の心づもりになってみる。

オペラに行くしかなさそうだった。ここでアメリカ人より強いものはない。たとえどんなに下っ端《ぱ》のアメリカ人でも。しかしこの店の賑わいは、占領軍へのもてなしだった。抵抗というものがない。敗戦まで、あんなに憎んでいた人々への、もてなし。

そのアメリカ人に守ってもらおうとする自分も嫌だった。が、しかたない。

オーケー、オペラに行きましょう。プログラムはなに？

マダム・バタフライ。

『蝶々夫人』

なんて典型的な。なんてありがちな。

日本人をバカにしてるの？　わたしは思う。

アメリカの軍人が、占領下で、日本人と、『蝶々夫人』を観に行こうなんて。

日本人が『蝶々夫人』を好きっていうのも屈辱だけど。

でもまぎれもなく、美しい曲。ジャコモ・プッチーニ、イタリアの人、コロニアリズム。

一体日本のなにを知っているというのと思いつつ、うっとりするほど美しい曲。

物語の舞台は長崎、時は十九世紀末。蝶々夫人は、たしか武家の娘。没落士族の娘だったか。蒸気船でアメリカ人がやってきて、海軍士官ピンカートンが蝶々を日本での妻とする。船は戦艦、名はエイブラハム・リンカーン号、蝶々はまだ少女。

ピンカートンのは黒船からの流れ、黒船以前に、アメリカ船なんて日本に来ない。蒸気《スチーム》機関《エンジン》が発明されるまでは、日本は、直接目指すメリットはない場所だったのだろう。とにかく、最新鋭の蒸気機関で動く船、黒船が来て、日本は変わった。今の社会の、祖型ができた。その前とは、切れた。

オペラに行くみちみち、会話をしている。

そのうち、会話が徐々に歌っぽくなる。

「別れる前にあの人はわたしにこう言ったのです」

少し重々しく、彼は節を付けて言う。

「なんの話?」

「『おおバタフライ、かわいい者よ、待てばわたしは帰ってくるよ』」

そこから、いかにもプッチーニという感じの明るく甘いメロディ。オペラの予習か?

英語版の『蝶々夫人』だ。

英語だからか、オペラというよりミュージカルに思える。セリフから歌がちょっと唐突にはじまり、独唱になり、デュエットになり、ダンスへと流れ込んでいって、ポーズを決めて終わる。

「使用人のスズキが、彼女が仕える蝶々夫人に、愛人ピンカートンはもう帰ってこないからあきらめなさいと言うのよね」

それくらいは、わたしも知っていた。蝶々夫人はスズキが諭《さと》すのを受けて、別れの間際にピンカートンが言った言葉を言う。ピンカートンの口真似で。それが「待てばわたしは帰ってくるよ」だ。聞く誰もが、調子のいいだけの嘘つき男だと知っている。ただ、蝶々夫人だけが信じ切っている。彼を信じたい。

「さあ君の番だよ。プリマのパートだもの」

「そんな、知りませんもん」

「大丈夫、僕が口移し《プロンプト》してあげるから」

プロンプトとは、たいしたものだった。たとえば牧師が前もって、賛美歌の次の歌詞を一節ずつ教えてくれるリードのようだったけれど、それよりずっと精妙でパーソナルだった。歌の呼吸を知り抜いているし、わたしの呼吸特性を見切っていた。わたしの出の、一瞬前で、息を吸わせる。まるでわたしの意識とは別に、わたしがわたしに息をとりこむかのようだ。そのタイミングのとり方が絶妙で、誰が歌っているのかわからなくなるほど。歌はどこからか流れてわたしを出てゆく。

「唇のかたちは、こう。あごは」

あごをもちあげられ、

キスされた。

それもまた、決まっていたかのように。

抵抗できない。したくない。押し切られた、ふりをする。本気にとられないほどかすかに、抵抗する。わが同胞たちが見ている。

周囲の、一九四六年の荒廃が、甘やかなヨコハマになる。

劇場に着いた。


将校を見るや、支配人があたふたとやってくる。

「将校《オフィサー》、大変です」

“What's wrong?”

どうしたんだ?

落ち着き払って、将校は言う。その落ち着き方が、頼もしくはある。

「プリマが倒れました」

「ふうむ。どうしたものか」

彼の悩み方は芝居がかっている。やはり芝居がかった所作で、急にこう気づいたように言う。

「そうだ、このレイディは素晴らしく歌える人でね」

「いや、わたしは、歌えません! 舞台で歌ったことなんかありません!」

「大丈夫、僕がリード《プロンプト》してあげるから」

ウィンクされ、手をひかれて、文字通り引きずられるように歩く。

舞台には、黒い小さなドームのようなものがある。

「ここはプロンプターの場所。そこが君、プリマの輝く場所。君は光、僕は影。君の呼吸は僕の呼吸、僕の呼吸は君の呼吸。君は綺麗だ。僕の息を止まらせるほど」

"You are breathtaking."

君は、僕の息を奪う。

そう言って彼はまたわたしの唇を塞いだ。そして舌の感触。

「さあ、衣装を着けて」


主役が急病で、急遽《きゅうきょ》、立った舞台。

語り的な歌の部分が終わり、独唱《アリア》に入る。

いちばん有名なアリアだ。

　ある晴れた日
　遠い海の彼方に煙が立ち
　船がやがて見える

さっきのように、英語版の『蝶々夫人』だった。

プロンプターの彼と同じ息をしている。プロンプターはわたしの息を引き取って、わたしに息を吹き込む。そしてサイレントで、わたしが歌うことをほんの一刹那前に、伝えてくる。その口のかたち、舌のかたち。手に取るようにわかる。どちらがわたしなのか。光を浴びるのがわたしか、黒いドームにうずくまるのがわたしか。

君は光、僕は影。彼は、幕が上がる前にわたしにそう言った。

影の中の、わたしを見つめる瞳を見ている。唇を見ている。その中の、やわらかな生き物のような舌を。

Mother tongue.

マザー・タン、母語のことを、ずばり、「母の舌」というのは、言語がこうやって与えられたからだ。最初の食べ物も最初の言語も。そして言語はまるで、食べ物のように。

あなたが英語を話すなら英語を、イタリア語を話すならイタリア語を、わたしは話すわ。まるではじめて食べる美味しい食べ物のように、口移しでことばをもらって、わたしの何かが、否応《いやおう》なくひらく。満ちてきて、気づいたときにはどうしようもなく、恋をしている。ふるえて露を落としそうな野の草。これ以上ふるえたら、落ちる。触れないで。でも、触れて。ぎりぎりの均衡をわたしは保つ。心があふれるのを、精一杯にこらえている。

そう、スズキの言うことなんて、間違ってる。

あの人は帰ってくるの。くるの。くるの。くるの。本当よ。

わたしはそう歌う。蝶々夫人が歌うように。

だってそうなんだもの。わたしの全身の細胞が、そう言うのよ、そうよ、演技であんなキスができる？

スズキが言った、台詞の言外に、奥様はどこに属しているのですか？　と。奥様のたましいは、わが一族とともにありますか、はらからとともにありますか？　それとも異邦人とですか？

頭の中で、高速のやりとりが行われながら、わたしは歌っている。頭の中で、からまるほどに速いやりとり。ねえスズキ、異邦人はそんなに悪いの？　異邦人であることは罪なの？　誰もがみな、どこからか来たのでしょう？　誰もが異邦人ではないの？　なぜ争うの？　争いは何かのまちがいではないの？　黒船はお商売をしにきただけよ。この人たちが本当に、東京を焼いて、横浜を焼いたなんて信じられない。でも京都は焼かなかったわ、天子様がいらっしゃるからよ。悪い人たちではないわ。

奥様、ちがいます、天子様は東京におらいます。

スズキが南の古い方言で言う。

え!? あ、そうね、そういえばそうね、そういえば国内で戦闘があって京都が焼けなかった戦争なんて、これくらいではないのかしら、天子様が東京に取られちゃったのは、よかったかもしれないわよね……

奥様! しっかりなさってください! ご維新は来て、お家は没落しましたし、領主様も将軍様もおりません、天子様さえ……

スズキ! おだまり。泣いちゃだめ。日本は変わった。だからどうだというの、お聞き!

わたしは、かつて上流だった士族の娘の威厳を見せて言う、いつもわたしがしっかりしていなくては。わたしは士族の娘、わたしは女、わたしは恋をする、わたしは愛されている。

あの人は帰ってくるの
だから泣いちゃだめ
本当よ!

いちばん有名なアリア「ある晴れた日に」をピシャリと歌いきり、輝きを放つ。そう、沖の船からだって、わたしの光が、見えるように。

息が切れて、はじめて吸うように、空気を吸う。空気のあまりのおいしさ。

万雷《ばんらい》の喝采《かっさい》を受け、将校にはキスとハグで迎えられ、エスコートされて夢見心地で劇場をあとにする。

劇場を出ると、母の手を取っていた。少し落胆する。親より恋のほうが、いつだって素敵だった。

横浜。ランドマークタワーがあり、みなとみらいがある。

「横浜開港祭」

目についたポスターの言葉をわたしは口にする。

「花火があるんだって。見る？」

わたしは母に訊く。開港の祭りで、夏の盛りでもないのに花火をあげるらしい。母はなにかを言い淀む。

「花火は……あんまり好きじゃないのよ」

「そうなの？　初めて聞いた」

「空襲をね、思い出してしまうの」

ああ、嗚呼、

そんな人がいるんじゃないかと思ってた、世界のどこかに。花火は空襲、空爆を思い出して嫌だ、怖いという人。どこか、そうヴェトナムとか、アフガニスタンとかシリアとか、そういうところに。他ならぬ自分の母親がそうだとは、思いもよらなかった。いや、ちょっと考えればわかりそうなものだったのに。

夜。

ホテルニューグランド。母と、ひとつの大きなベッドで眠っている。

真夜中に、部屋の電話が鳴った。

“Mary?”

メアリ？　と、女が言う。

“Who, me?”

わたしのこと？

わたしが言う。

“Yes, you.”

そう、あなたよ。

どこかで聞いたやりとりを、今度はわたしがしている。

「メッセージ取次サービスです。302号室に行ってください」

今度は日本語。受話器の向こうで、同じ女が言う。わたしは何語で話していいのかわからない、と思うと、わたしの口をついてこんな言葉が出る。

“I can't! It's around midnight.”

行けません。今は真夜中になんなんとしています。

脳裏によぎる訳文までまったく同じに。

どこかで聞いたセリフを、自分が言う。まるで人生で言うセリフは、決まっているのではないかというほどなめらかに。

“Right now!”

今すぐだ!

と怒鳴られる。わたしはすっかり圧倒される。おだやかに話していた人が、とつぜん怒鳴るのは迫力がある。

取次オペレータが、こんなに感情をむき出しにするものだろうか?

でも余計なことを言っている暇が、ない気がする。直ちに、と威嚇されているのだ。

「わかりました。五分ください。支度をします」

302号室の、小さめのソファに、女がひとり、座っていた。

「ハァイ。昼間、会ったわね?」

「あなたは?」

「わたしはメアリ」

「メアリ? わたしが、メアリと呼ばれたんだけど。今さっきの電話でも、昼間、街でも」

「あなたがわたしの、役をしてくださったわね。わたしが影ならあなたが光、あなたが影ならわたしが光」

実際にあった言葉を彼女に口にされて、はっとする。そう、あの往来で、メアリと呼ばれて、わたしは劇場に行った。

今は、この人の、代役? あの老いた娼婦の? ちょっと拒否したい筋書きだが。

ただし目の前のメアリは若かった。幻影にも見えなかった。若いといっても娼婦としてはお姉さん格といった感じで、どちらかと言うと働く女、有能な秘書のように見えた。このころは、まだ真っ白く塗った顔ではなかった。とはいえ、顔は白めではあって、現代のナチュラルメイクとかいうものとは程遠《ほどとお》く、質感もマットだ。そして白粉《おしろい》の匂いがした。舶来の粉、と言いたくなるような甘い匂い。その匂いの中に、ふたつの時間がメタモルフォーゼして溶け合うように、いずれの中にも共通する形質が現れる。メアリなんだ。あのメアリなんだ。老女になって、警官に客引きをするなと言われていた、メアリなんだ。

あなたに触れてもいいですか？　あなたが幽霊じゃないのか知りたい。わたしが究極の問いを口に出そうとしたとき、

触れられた。

唇に。

指で。

「なにするんですか！」

「紅をさしたの。これから特別なところへ行きますからね。美しくしないと」

たしかな実体を感じた。指はやわらかく、あたたかかった。そしてすこし、粘る質感がした。

「あなたは一体、なんなんですか？」

「わたくしは、ある隠密《おんみつ》任務につきし者」

「ああ」

なるほど。メアリの今の感じを表すなら、スパイ、だった。女スパイがこんなに女スパイ然としていたら、だめな気もするが。かえって目くらましになるのだろうか。

思い切って訊いてみる。

「あなたは娼婦、では？」

「いかにもわたくしは、コールガール」

コールに呼ばれてきたあなたもまた、コールガール。

「わたしは娼婦じゃありません！」

「天命をコールという。天があなたに命じたことよ、ガール。それをあなたができなければ、誰かに引き継いでもらうしかない。天命とはそういうこと。そのコールを受け取ったあなたは、コールガール。コールを無視する人ばかりだったわ。あなたのお母様は、混乱した方じゃなかった？　あなたは彼女から、箱を渡されたようなもの。パズルの箱。まちがい探しの箱。あなたも誰かに渡したい？　押しつけたい？　厄介払いするように？　わたくしの箱は、巨大な混乱。その象徴。みんな救われたかったの。愛するものを失って、かわりを求めていた。愛する対象を失った人に育てられた。愛するものが変わり果ててしまったのを見て心が死んだ人に、育てられた」

「言ってることがわかりません。要するに、あなたができなかったことをわたしに手渡し、押しつけてるのでは？」

「陛下もそうであらせられますね。引き継ぎです」

「陛下？　陛下って、天皇陛下？」

“What else?”

「どの？」

他に何が？　とメアリが英語で言う。

どの天皇かとわたしは問う。

「どの、とは？」

逆に問われる。

「どの天皇陛下か、ということです」

「通常、わたくしたちは個別認識いたしませんが、この場合は、先帝さまと今上さまです」

「わ、わ、わたくしたち、とは？」

話を脱線させたくはないが、興味を引かれすぎて深追いする。

「わたくしたちも、個体ではありません。職名とか便宜上の名があるだけ。たとえば、オオヒルメ、より個別性があるとしたらヒミコとかアマテラスとか。あ、口がすぎました」

そんな壮大な話を出されても、なんと返していいのかわからない。

「彼女たちも、個体じゃないですか」

「この世界では、こう存在するよりほかありません。つろうございます。陛下も、わたくしたちも」

「つらさを、引き受けてほしいですね、個人で。他人に手渡さないでください」

わたしは話を戻そうとする。

「時の存在は、分かたれる。しかし分かたれしものこそが、時を始原の一に帰す。始まりと終わりはひとつです。即位と退位はひとつです。わたしは殺されし王、わたしはよみがえりし王」

「わけがわかりません」

「さあ、時間がありません。箱は持ってきましたか？」

わたしは急かされて箱を出す。右手に本物。左手に偽物《にせもの》。右は正《ラ》し《イ》い《ト》と覚える。一度でも取り違えたら、もうおしまいだ。冗談にしては切迫感がありすぎる。

「あなたには見分けがつくんですか？」

「わたしにもつきません。自分もだまされるくらいでなければ、相手をだませません。ここはあなたを信じるよりほかありません」

「だます？　誰を？　そんな高度なことはできません」

「これからあなたはさるお方に会いに行きます」

「この時刻に？」

だますってどういうことかを訊きたいのに、些末《さまつ》なことを訊いてしまう。さっきからずっとそうだ。そして変な言葉が返ってくる。

「時差がございます」

「時差？

外国へ行くんですか？」

「このホテルの中ですよ。ただ、ちがう時間を生きている方なのです」

「間違ったほうを渡してしまったら？」

「国が滅びます」

「そんなこと冗談でも言わないでほしい」

「冗談では、申しませんゆえ。ただ、あなたは一人ではない。また別のあなたに会います。そのときまで箱を、くれぐれも大事に持っておいてください」

「あの……やっぱりいやなんですけど」

「やめることもできます。ただ、わたしのコールに応えたのは、あなたがはじめてです。

ここはわたしのたましいの置き場所、たましいの容《い》れ場に、開いている時空、そしてわたしのたましいを閉じ込めた場所。特別なときにだけ、特別な回線が開けます。現《うつ》し身《み》のわたくしは、人形としてあそこに立っている。横浜の巷《ちまた》に。ずっとずっと。箱を託せる誰かを待っている」

「そうなの?」

「そしてもちろん、あの人が帰ったとき、わたくしがわかるようにです」

「帰ってくるって信じてるんですか?」

「もちろん。別れる前に、あの人はわたしにこう言ったのです」

「『おおバタフライ、かわいい者よ、待てばわたしは、帰ってくるよ』ですか?」

わたしは歌って返す。これは、蝶々夫人が、直接話法でピンカートンのセリフを再現する場面だ。重い旋律が、ここで一気に開けて、うっとりするほど美しい。自分の考えは、気の毒で言えない。彼女の待ち人が誰だろうと、帰ってくるわけがないとは、言えなかった。しかし、通信機器などがなかった時代だ。知らせる手立てがないまま、来たいのに来ることができずに遠いどこかで暮らしている人が、いないとは言えない。来ることができさえしたら、そこに立っている彼女と再会できるのかもしれない。相当な高齢ではあろうが、夜毎メアリを夢見るような、誰か……その想像は、苦くも甘かった。

横浜の街での、老メアリの、寂しそうな後ろ姿を思い出した。あのとき、助けてあげられなかった。

「わかりました。どちらかの箱を、誰かに届けるのですか?」

メアリは、歯を見せずニッコリと笑った。

「すりかえるのです。あなたの持っている偽物《にせもの》を、その方が持っている箱と」

「むずかしい」

「お助けいたします」

メアリはそう言って、煙草を深く吸い込んだ。火がぱちっと、爆《は》ぜる音。知らないいい匂い。そして煙草の煙をわたしの前に吐き出した。煙は生きたもののように、質量がありそうで、空気中でかたちをとった。

「さあ! すばやく吐いて、吸って!」

わたしは煙を吸い込んだ。煙草の味ではなく、冷たくて甘い。肺腑《はいふ》を満たし、身体の感覚を変える。

「わたしの、目を見て。まっすぐ見て」

目をまっすぐ見たわたしの、眉間にメアリはさわった。その指先が紅かった。涼しい風が吹いた気がした。

ちがう視界がひらけた。

というより、わたしは、もう別の人なのかもしれなかった。


指定された続きの間に行った。マッカーサーがそこにいた。

背の高い人。あのレイバンの、涙のしずく型《ティアドロップ》と呼ばれるサングラスをかけていた。パイプはくわえている。これだけしょっちゅう何かをくわえているのは、この人はママが恋しいのではないかと思ってみる。そんな男が占領軍の指揮官だなんて？

例の箱の在り処が、特別なヴィジョンで、わかった。

続きの間は鏡のようなつくりで、誰かの気配を感じた。かすかな気配。でもわたしはわたしの役をする。

足がふるえる。が、役になる。あるいは役が、わたしに。足が、動く。

人はみな、こんなふうに生まれてきたのかもしれない。

生まれたときには、役もわからないまま、途中の劇の中なのだ。

だったら今、生がはじまるのかもしれない。

わたしの役の正しさは知らない。彼にも正しさがあるのかもしれない。わたしにはわたしの国があり、彼には彼の国がある。どちらが正しいとは言えなかったし、正しさなんてものが、あるのかもわからない。ただ、誰にでも生まれながらに、巻き込まれている状況がある。

左手に集中する。

左手。

左手。

左手。

左手。

ただ、念じ続ける。

なぜ、利き手じゃないほうにしちゃったんだと、少し後悔する。

右《ライト》が正しい《ライト》からという、語呂合わせで？

左手。

左手。

左手は間違ったことをしない？

そういえば、アメリカの人は、左が大嫌いだ。左は間違っていると思っている。あの人たちは、左派が大嫌い。左派リベラルが、大嫌い。

左手はただ沈黙して、箱に触れている。箱を味わっている。箱の中の、無意味さを味わう。

何に意味があるのかなんてわからない。何が正しいのかもわからない。よしんば正しさも間違いもなく、無意味であっても、かまわないと思う。自分のすることが無意味であることを、おそれない、もう。意味があるかないかではなく、巻き込まれた状況が、あるだけなのだ。

「ハイ、メアリ」

マッカーサーが言って、わたしを抱き寄せた。

マッカーサーは、夜なのにサングラスをかけていた。部屋の光は煌々と、アトミックサンシャインのように輝いている。マッカーサーが歯を見せて笑った。意味のない笑い。ただ、見せるための笑い。マッカーサーの肌は、近くで見ると、なめらかで、はりがなかった。遠目にはうっとりするような色に日焼けしているけれど、近くで見るとしみが目立つ。金色の産毛《うぶげ》。金色の中に混じっている、グレイの産毛。きらりと光を乱反射する、断面もくっきりとした、伸びかけのひげ。互いの肌をなでさすりなめ合うごとくに、さぐり合う時間。

これは恋愛じみている。

当時の日本人が熱狂したわけがわかる。

と同時に、わからない。わたしはマッカーサーをかっこいいだなんて思いはしない。ただ、おしゃれな人だなとは思った。パパが、女好みのおしゃれと、ママ好みの品々を背負ってやってきた。これは、うける。

軍服は上等な生地で、番手の細い糸の織り。一見配給品と同じに見えるが、身体の特徴をよく活かしかつカバーするタックやダーツが入っている。おそらくはオーダーメイドだ。背の高い人。ぴかぴかの上等な靴。

「オペラはどうだった?」

彼は言った。オペラ、を、フランス語風の発音で。

「すばらしい体験《マニフィーク》でした。アメリカ風の演出ですね?」

「いかにも、アメリカの男が出てくる話だが、演出のどういったところがアメリカ風かね?」

「インテリアがアールデコというか、ネオジャポネスクというか……ハリウッドあたりにある邸宅みたいでした」

それは一九四五年から四六年の横浜に置きかえられた蝶々夫人だった。蝶々夫人は敗戦を認めていないで、焼け残った横浜山手の邸宅に住んでいる。高台から海が見える。山下も本牧も焼かれている。原作の舞台は長崎だが、港があって小高い丘があるという地形が横浜も同じだから、横浜でアメリカ人相手に上演するために「ご当地もの」に書き換えたのだろう。

蝶々夫人の邸宅は素敵なので、占領軍が夜な夜なパーティを開く。やがて占領軍はそこを接収する算段になっている。それを気の毒に思いながら、どうすることもなく、蝶々夫人に対する欲望も抑えられなかった男がピンカートン。原作よりピンカートンの心がわかるようにできていた。西海岸風なのは、合っていると思う。二度目の世界大戦が終わったばかりの一九四六年に、豪奢なパーティを開けるのは、世界広しと言えどアメリカだけであり、そしてその頃にはニューヨークは古い都で、アメリカの活気は西海岸に移り始める。

蝶々夫人の邸宅は占領軍に接収されることになっている。愛したこの家ともお別れなのだ。それをどこかで否認しているのは、『桜の園』みたいだ。でも、そのためにあの人が通ってくるのでうれしくもあるのだ。蝶々夫人が引き裂かれるのは、家を喪失することと、恋をしていることとの間。わたしたちにひどいことをした人たちに、苦しめられているのに、そこの人に、恋をしてしまった。

でも、ひどいことをしたのは、あの人個人では、ないでしょう?

そして蝶々夫人は山手の丘から山下町を見る。見えるのはホテルニューグランド。

そして、港の街を離れて、人の姿が山を登ってくる。

あれは、どなた?

登りつめれば何を言うでしょう?

バタフライ、とわたしを呼ぶの。

蝶々夫人は邸宅の螺旋階段から降りてくる。キモノ風のちょっと怪しいローブを着て。そのローブもまたハリウッド的だとわたしは思った。白人の着物風部屋着といった感じのものだ。螺旋階段のセットの下に、ミニチュアの山下町がつくられている。蝶々夫人が山の下を睥睨するように。横浜は内と外と上と下とでできている。関内と関外、山手町と山下町。焼け野原の山下に、ニューグランドだけが建っている。メアリには、それだけで横浜が手つかずで残っているのと同じだ。だってそこに「あの人」がいたから。

じっさいホテルニューグランドは、GHQが接収するため、無傷で残した。

戦略爆撃とは、かくも的確にできるものかと、わたしは変なところに、たいそう感動してしまう。

「ハリウッドに行ったことがあるのかね、メアリ?」

マッカーサーが少し怪訝な顔をする。

「いえめっそうもない、人に聞いて憧れているだけです」

わたしは言下に否定して、何も知らない少女みたいにふるまう。アメリカ人とオペラのお話ができるのは、わたしが未来の人間だからだ。一九四六年の99・9%の日本人は、ハリウッドなどに行ったことはない。言うことには気をつけないと。この時代の日本人の大半ができないようなことを、言ってはいけない。わたしがそれを知っているのは、未来の人間の教養があるからだ。メアリの人物造形を、きっちり決めずにここに来てしまった。決める暇もなかった。

せめて今決めて、破綻なく演技するか。メアリはスパイ《エージェント》だし、工作員だろう。事実わたしはここに「工作」をしにきたのだ。エージェント。いつも誰かの代理《エージェント》をしている。そして誰の代理なのかはわかっても、雇い主が本当のところ誰かはわからない。エージェント。エージェントはいつもダブルエージェントになる危険をはらんでいる。

わたしはおそらくスパイであることをマッカーサーに疑われている。そしてじっさい、スパイである。

「ダンスをしようか?」

マッカーサーが言う。彼はわたしの上着をするっと、取る。下はいつの間にか、薄いドレス一枚を着ている。これはエレガントな身体検査。わたしは箱たちと引き離される。でもまだわかる。右と左はまだわかる。勝機を狙う。これは象徴のようだ。たとえば自分はいつも、自分を本当には見ることができないことの。

男は服を着て、女は服を半ば脱がされて。イニシアチブは握られているし、握らせるしかない。これが女の戦い方か。むきだしの素肌を撫でられると、いい気持ちがする。いい気持ちに負けないように、自分の芯を保つ。マッカーサーからは知らないコロンの香りがする。いまだかつて嗅いだことのないコロンの香り。彼の邸宅が、目に浮かぶ気がする。ダグラス、不意にマッカーサーを、ファーストネームで呼んでみたくなる。ダンスのうまい人と踊ると、自分がダンスの名手のように思えてくる。それは、ありもしない記憶を持つのと、少し似ている。

「わたしはこの国を、ある意味とても、尊敬している」

マッカーサーが口を開いた。

「これだけの規模の首領制国家。世界の歴史に例がない。マジカルキングが支配する。しかしマジカルキングは支配しない」

「え?」

何か不意を突かれて、マッカーサーの腕の中から、彼を見上げる。

その角度からは初めて、マッカーサーの目がのぞけた。

何か、ゾッとする感じがあった。

不意に、情報のダウンロードが起きるように、いろいろなことをさとった。衝撃的なさとりだった。

マッカーサーに、いない父を、そこにいたのにいなかった父を、見ている。わたしだけでなく。この国の、この時代の、ほぼみんなが。男も女も、そうした。それゆえ彼を熱狂的に愛するか、嫌悪するか、いずれの感情しか持てなかった。無関心ということができなかった。冷静という状態がなかった。

たとえて言えばこんな感じ。教室の真ん中に、みんなが見ないふりをしている、誰もいない椅子がありました。そこには誰がいたんだっけ、誰かいたんだっけと、みんなは考えることもしなくなっていました。が、ある日そこに、男の子が座ったのです。まったき男。かっこいい。おしゃれ。豊か。その男が、楽しいものを引き連れてやってきた。みんなが愛さないわけがない。

マッカーサーが引き連れてきたもの。飛行機のタラップから続くサーカスのような、そしてフラワー・チルドレンのようなマーチングバンド。彼らはチョコレートとキャンディとバンドエイドとクリネックスとコールドクリームを、そしてきらきらした音楽をたずさえやってきた。すてきなものを配り、甘い音楽に恋愛映画、そして婦人参政権を、配った。すべての楽しいもの快適なもの、スマイルしてそれらをばらまく。まるでカーニバルの魔法使い。

「首領制国家？」

わたしはマッカーサーに訊き返す。役としても、素のわたしとしても、そうしたろう。本当はこう言ってみたい。驚いて。

〝日本は、近代国家なのだと思っていました。明治から、そうなのだと思っていました、教科書にもそう書いてありました〟

いや、「近代国家の仲間入りをしました」と教科書には書いてあっただけかもしれない。もしかして日本は、自分だけちがう身分のまま、そのクラブに入ったのかもしれない。言えないのは、今の役にはその洞察はふさわしくないのと、もうひとつには、マッカーサーは何か本質に触れているように思えたからだ。マッカーサーが続ける。

「そうだ。一億近い一族をたばねた首領がいた王国など、世界史にありはしない」

ダンスは続く。曲は、ラプソディ・イン・ブルー。

「日本が首領制国家？」

「テンノウの赤子《せきし》だろう君たちは？」

わたしは虚をつかれたように、マッカーサーの目を見る。彼が無防備な角度で。わたしもまた無防備な瞳で。

鼻の上の、底なしの瞳。凍《こお》らされる、その目の冷たさに。

この人を本当によく見たなら、わかる。この人は日本に明るさを、快適さを、楽しいことを、もたらした国の現地責任者だったが、この人自身はその楽しさ快適さの、消費者であるだけで、その人が発案してそういうものを与えてくれたわけではなかった。楽しさを与えてくれたのは、別働隊なのだ。日本人には、それらが混同されていた。だからマッカーサーを男として憧憬し、同時に慈父としてたたえた。いつくしみふかきマッカーサー元帥。

「しかし不思議なのだが、よくあんな不徹底な神話を君たち《ユアピープル》は信じるね」

「不徹底な神話?」

「天皇が神の子孫だという話だよ。

天皇としては、あやうい。超越性が保証されていない。だが人々がそれを信じたという現実は、利用価値がある」

この人、マッカーサーは、美や快適さや女性の守護者ではなく、それらのよき消費者である。

どちらかといえば、原爆を落とした人たちに近い。

現に、朝鮮半島にも原子爆弾を落として朝鮮戦争を終結させようとした人だ。なんといっても日本での「成功体験」がありすぎた。しかしその成功体験こそが、彼の衰退の序曲だったのかもしれない。

一方、アメリカ本国がマッカーサーに原子爆弾の使用を許さなかったのは、優しさや人道主義からではなかった。半島が「大陸」と地続きだからだ。中国が怒り狂うだろうし、ソ連が黙っているわけがなかった。朝鮮半島が島国だったなら、もう一発、アメリカ政府だって、落としたかったかもしれない。試したかったかもしれない。新型爆弾のさらなる改良版を。マーシャル諸島のビキニ環礁で二十三回も実験したように。朝鮮半島にそれをしなかったのは、「国際問題」に発展するからだ。

逆に言うと、「国際問題」にならないからこそ、日本に原爆を落とせたわけだった。日本の「内政」さえ相手どれば、それさえ掌握できれば、国際問題にならずに、したいすべてをすることができる、日本はそういう夢のようなキャンバスだった。実験の土地だった。原爆から平和憲法まで、極から極のすべてができた。そして極と極とは、真逆だからこそ、くるりと反転してくっつくことができる。戦争と、平和と。現実と、理想と。

だからマッカーサーにはフラワー・チルドレンの祖先みたいな左派リベラルがついてき

た。そして見ようによっては厳しすぎる罰、見ようによってはジョン・レノンの夢みたいな憲法を書いた。階級もなく、戦争もなく。まるで本国でなしえなかったことを、なそうとするかのような情熱で。しかし神《テンノウ》はどうだ？　神だったものの存在は消さない方針みたいだ、だったら神を、どうするか？

「国際政治」のことは、考えなくてよかった、とりあえずは。やってみたいことのすべてが描ける。そしてそのための内政の掌握のために、天皇を残した。空白を、残した。もしかしたら、この空白をすべて意識化してみるのが、西洋の近代化だったのかもしれなかった。それをしない近代の実験を、日本でしてみることになった。これは偶発的な出来事だが、アメリカはそこまで責任を負わなくてよかった。なんたって「内政」の問題だから。あとは日本人が考えてねってわけだ。

今わかる。日本において近代は明治に来たのではない。

明治、大正、そして一九四五年までの昭和は、民主化が進まないではなかったが、それ以上にがっちりと、封建制が完成した時代だった。一人の王の命令で、総員が戦い、総員が武器を捨てる。そんな国は、封建制国家より他にない。

教科書には嘘か希望が書いてあった。それは要するに、間違いの記述だった。

日本に近代は、一九四五年まで、こなかった。

「それに神話にしたってあまりに不徹底だ。あれでよく信じるね。何をあんなに隠しているのかね？　殺して王座を奪った先住民を祀っているんじゃないかと、思うことがあるね」

〝父が、あなたのような人であったらよかった〟

そう言いそうになって、必死に飲み込む。言ったら自分が崩壊しそうに思えた。

父は、これほどわかりやすく強いほうが、愛せたし、憎めた。

わたしは父のことを、考えたことがなかった。

負けた国の男の気持ちを、わたしはまったく考えたことがなかった。

こういう「父」が外からやってきて人々とりわけ女たちが夢中になってしまった国の男は、一体どうやってプライドを守ったのだろう？　「それが経済戦争」、という理解がやってくる。しかし経済戦争にも、負けたのだ。

マッカーサーのような明快な男／父に憧れるわたしもたしかにどこかにいた。

どういう気持ちだろうか。父には、何か大きなものを背景にしていてほしかったのだろうか。

「あなたが守りたいのは、民主主義なの？」

「アメリカが超大国になること。その神の意志を守護すること。この戦争で無傷で勝ったのは、アメリカだけだ。これが神の意志だ。ヨーロッパは疲弊《ひへい》した。日本は焼け野原だ。中国は共産党が跋扈《ばっこ》する。アメリカが超大国になる。かつて地球上に存在しなかったような超大国に。そして超大国が得たひとつのトロフィーが、ここ、日本なのだよ」

「ここが？　ここを平和な国にするということが、トロフィー？」

「お前はおめでたいな。傀儡《かいらい》国家を持つというのが、超大国の夢だ。植民地と非難されることも一切なく、独立運動を起こされることもなく、言うなりになる国家。幾度首相が代わろうと、われらの人形で」

「でも天皇がいる」

「だから利用した。天皇こそが、人形だよ。あんなに使い勝手のいい人形はない。だってもとから人形だから」

「でも国民は、黙っていないのではないかしら？」

「国民だって、天皇を利用してきた。日本の歴史はある意味、天皇の利用の歴史だ。天皇の利用の仕方を、ひとえに洗練させてきたのが日本史だ。わたしは、君たちの歴史に学んだだけだ。

それに、『国民』だって？　天皇のひと声で、インペリアル・アーミーは自ら武器を置き、老人から子供に至るまで、戦意をなくしたのだぞ？　それが『国民』か？　お前だって天皇の臣民にはひどい目に遭わされたのだろう？　だからこうしているのだろう？」

「そうかも……しれません」

いいえ、と言ってはいけない。ここでマッカーサーと対立してはいけない。それに同胞にひどい目に遭わされたというのは、本当のことのように思えた。戦争が終わってみればアメリカより隣組がこわかったと言った日本人は、たくさんいた。

でもわたしは同胞に、絶望してはいないのです。

天皇には、何か別のものが、あるのです。

言いたいのをこらえた。

マッカーサーが言った。

「50％は掌握《しょうあく》した。株と同じだ。あと1％持つだけで全権をとれるのだが」

「おだやかではありません。もっとおだやかにことを運ぶことは、できないのですか？」

「おだやかだろう。こんな平和な占領は世界史上に例がない」

たしかに。見かけ上は、たしかに。しかしその下でわたしたちが無言で流す血にわたしたち自身、無自覚なのだ。

「天皇の戦争責任を免除したからおだやかなのですか？　元帥閣下がヒロヒト陛下の人柄に打たれて赦免したというのは本当ですか？」

「好意に値する男ではあった。『わたしはどうなってもいいですから』。彼は個人の名において、死のうとしていたのではないか。サムライのようにね。自分ひとりがハラを切ることで、システムを生き延びさせようとする。殉死《じゅんし》。ヒロイックだ。ただし封建制のヒーローだ。

でもこれは国際政治なのだよ。わたしたちは彼にタスクを与えた。

われらが日本を、代わって守護したまえと」

マッカーサーはここまで言って、ふうとひとつ、大きく息をついた。煙草の煙を吐き出すときのように。

「I'm sorry Hirohito has to live on.

ヒロヒトが天皇として生き続けるほうが、苦痛だと思うよ。

本当に愛していたなら、退位させてやるのが人情だ。愛するひとにだったら、あんなにつらい生き恥はさらさせない。

わたしははんぱに人情を行使する。ははは、悪い男だ。いちばん悪い。心が痛む《アイム・ソーリー》ね、自分ながら、心が痛むよ。

ヒロヒトは、武士道を体現した、高潔な人柄だとは思う。わたしは南軍のリー将軍をたたえた北軍のグラント将軍のような気分を味わった。リー将軍に温情をかけるグラント将軍のようなものだよ。名が上がった。本国でよりむしろ日本で、名が上がった。びっくりだったね。わたしはてっきり国民義勇軍を相手取ることになるかと思っていた。気が重かったよ。市民軍を相手にするのだとしたら。それは赤子《ベイビー》のようなものだからね」

赤子《ベイビー》……陛下の赤子《せきし》という言い回しをわたしは思い出した。天皇の赤子の軍隊が、天皇を失ったら、文字通り赤子《ベイビー》の群れだったとでも言いたいのだろうか。たしかに、わが国にレジスタンス軍がいたとしたら、竹槍で戦おうとした人たちなのだ。一般人に向けて戦略爆撃をした人々に対して、竹槍で戦おうとしていた。ドン・キホーテのようと思うと、滑稽でも崇高でもあるように思えるのだが。

「あの……天皇は武士では……」

不思議なことだ。わたしの時代の日本人でさえ、これと同じ混同をしてしまう。天皇とサムライの作法を、混同するのだ。天皇と武士はとてもちがったものだ。まあ、もとをたどれば同じところから生まれたとも言えるが。何百年を経て、とても異質なものになった。でも、なぜだか日本人さえ多くの人が今でも混同するのだ。このアメリカ人のように。

「いえ、今のはお忘れください《ネヴァー・マインド》」

今これを、説明することに時間を費やすのは不適切だ。

「お前の言っていることはむずかしいな。そんな混乱したことを、よくひとつの国民がしたものだな。

メアリ、お前もかわいそうに《アイム・ソーリー・フォー・ユー》、とてもエキゾチックな、わたしの愛人」

マッカーサーはわたしの唇についに達した。

曲は、『禁忌《タブー》』。笑っちゃうくらいの、端的な曲がかかる。わたしの年代の人間は、これが有名なコントで使われていたことを知っている。でも『タブー』にはもともと、どこか笑っちゃうような響きがある。

わたしは自分の身体に仕込まれた必殺技に初めて気づく。肺腑にたまった冷たいもの。それを少しずつ吐き出し、口移しのように移す。

「ベッドに行こう」

マッカーサーは言った。

ベッドに行き、キスを続けていると、マッカーサーは眠りに落ちた。

箱をすりかえて、わたしは部屋を出た。

部屋のドアを閉めるまで、何もなかったような顔で歩き、音もなくドアを閉めてから、半狂乱でカーペットの敷かれた廊下を走った。人々は、みな寝静まっているようだった。

部屋に帰ると、大きなダブルベッドに、母親が一人で寝ていた。

「おかあさん」

とつぶやいて、母の背中に丸くなってくっつく。

「おかあさん、なんなの、日本の歴史とは、なんなの。なんでみんな平気で生きてられるの？　人間、生きていれば、生きていられるの？　あなたの混乱は、どこへ行ってるの？なぜ何も教えてくれないの？　ねえママ、おしえて、ママ」

わたしは涙を流し始めた。

今にも誰かが来て、たとえば米軍のＭＰとか、メン・イン・ブラックみたいな人とかが、わたしをとらえるのではないかとも思った、あるいはわたしの国の、過去の軍つながりの警察、つまり憲兵《けんぺい》や特高《とっこう》が。どちらがこわいかと考えてみた。憲兵のほうがこわそうだが、案外アメリカさんのほうがこわいのではと考えた。アメリカで、銃を向けられたことがある。何をしたかはわからない。知らないうちに何かをしていたのかもしれないが、いきなり銃を向けるのは、生得《バースライト》の権利であるという感じの自然さと高圧さで、銃口を向けた人がいた。それはわたしのなかでまだ、溶けない鈍い冷たさのままある。

もう何も考えたくない。

ただ眠りたい。

わたしを眠らせてください。

もし生命が奪われるなら、わたしでありますように。そしてそのことを、わたしは知りませんように。

ああこんなときに、人が思わずつぶやくのは、
おかあさん。

という、たったひとことなのだ。

その人がどんな人であろうと。

その人との間に、何があろうとなかろうと。

この、やわらかくてあたたかくて、万能で無力な、誰にとってもたった一人の人を呼ぶ。

おかあさん。

3

「ね？　みましょう？」

埼玉の老人施設の道子さんは、わたしのアイフォンのすべすべした面に触れた。アイフォンの画面が、見たこともない光り方をして、なぜだか離れたテレビがついた。

今上天皇が映っていた。今上天皇が退位の希望を表明したと言われる。

「え、これって……再放送ですか？」

わたしは訊く。

「いつも、そのときやっています。いつも、繰り返しです」

道子さんは、にっこりした。

二人で画面に見入った。今上天皇が、障子《しょうじ》のある出窓の前の机に座っている。

「まりこしゃん」

振り向くと、眉間にさわられた。

「あん人にも、紅ば」

「あん人」

道子さんは、テレビの中を指差す。いや、テレビの「中」などという、空間があればだが。

「わたしの好きだった、あん人」

「それは先代では」

「あん人たい」

指を紅にのせられる。朱肉のようだった。今から血判状に拇印を押させられる気分だった。

でもどこに？

悩む間もなく、人差し指は人を指す。かの人の、眉間を指す。

世界のすべてが、崩壊するごとく揺れ、すべてが光の粒になり、すべては呑み込みあった。


小舟に乗っていた。誰かが櫓《ろ》をこいでいた。その様を、揺れながら目を細めてうっとり見た。何もせずとも潮に運ばれている感がある。わたしはくつろいでいた。庭のように凪いだ海。海は光芒を照り返し、一面がぼうっと光っている。

そこに、ついた。

そこは小さな島のような場所で、さっきまで見ていた風景があった。それは、テレビのセットなのだった。テレビカメラで切り取られている以外の世界は、砂まじりの土で、しばらくすると海になった。濃い潮の匂いがする。

動かない地面を踏むと、自分が揺れて陸酔《おかよ》いかと思う。

いや、ここが、やわらかな島なのだ。まだできっていないような、ふわふわした、淡島。まるで日本神話の最初に出てきた、流された蛭子《ひるこ》でできたような島。

舟が集まってきた。三艘《そう》。

人が降りてきた。白人だ。

その一人を見て、わたしは驚いた。

「マッカーサー」

呆然とつぶやく。真に思いがけなく、一年ぶりの「再会」だった。

マッカーサーはレイバンのサングラスにコーンパイプだった。凪いだ海が一面に光っているから、サングラスは似つかわしい。マッカーサーはわたしを見て言った。

「これはこれは。コールもないのに来たのか、わが愛しのコールガールよ。お前の前非《ぜんぴ》を問うのはやめておこう、盗人《シーフ》。娼婦《ホアー》、魔女《ウイッチ》」

「異文化の女を魔女呼ばわりするとは、さすが、十七世紀になっても魔女狩りをした国の人」

わたしは言い返す。セイラムの魔女狩りはアメリカの植民地時代の最大の汚点と呼ばれる。

「魔女裁判、と言ってほしい、少なくとも。あれは法廷だった。法にのっとっていた」

「集団ヒステリーの言い換え」

「カミカゼ・スーサイダル・アタック（特攻隊）は集団ヒステリーではないのか？　たか

が隊の指揮官の命令に誰も逆らえないとは、無法ではないか？　そこに原則はあったのか？　アメリカならその指揮官は訴えられ軍法会議にかけられるね。それに一体どちらが殺した人数が多いのか」

みぞおちに重いパンチをくらったような気がした。

「わたしたちは、自国の異分子を粛清してはいません」

そう、わたしたちの社会は魔女狩りをしなかったし、指導者としてヒトラーも毛沢東もポル・ポトも生まなかった。

「そうか⁉　君の国の人たちは、まぎれもなく同胞が同胞に、『死ね』と命じたのだよ？　若者は、次代の希望だというのに？　君たちの社会に希望というものはないのかな？」

たしかに日本人は、同胞が同胞に、死ねと言った。異分子狩りと、一体どちらが酷いのか。日本社会は毛沢東もポル・ポトも出さなかったが、かわりに、大勢のごく普通の人が、ごく普通の人に、死ねと命じた。大局として勝つ見込みのない戦いの末期に、命にかえて攻撃しろと命じた。捕虜になるのは辱《はずかし》めだから、それよりは潔く死ぬことを選べと言った。捕虜になったら敵陣で後方攪乱をするのは自陣に益するが、そういうことは教えなかった。死ねと教えた。

わたしたちはたしかに自分たちの内側の悪習を、狂気を、自分たちでは止められなかった。天皇が聖断したところで、それがあらたまったとも思えない。アメリカがやってきて大蛇《おおなた》をふるうまで、変えられない悪習が、日本にはあった。アメリカが、占領者であると同時に救済者であった側面は、たしかにあった。わたしたちの中にあった暴走する暴力性のようなものは、今でも、なくなったとは思わない。えたいのしれない暴力は今でもなされる。管理の名のもとにもなされる。

「どうだい?」

わたしの心を見透かし、おいうちをかけるように、マッカーサーが言ってニヤリと笑った。

ここで黙ったら負けだ。

「あなたこそ、盗人。天皇霊を盗んだ。でも半分よ」

「だから、われわれは法にのっとっている、と言っている。連合軍の占領は、合法的な行為で、だから君たちの元首の魂と命運も憲法も預かった。悪いようにはしなかった。そうだろう? それにわたしは日本人に、父になってくれ、大統領になってくれとさえ言われた男だぞ? その慈悲をもって天皇にだって優しくしたからこそ、君たちが今でも天皇というものを持ち、今度、退位と即位があるんだろう? めでたいじゃないか。老いた王が平和裏に退き、若い王が平和裏に王位につくのだ。それを祝いにきたのではないのか?

わたしはそうだが」

「契約という詐欺もあります。マンハッタンを、24ドルで買い取ったように。沖の戦艦の砲門をこちらに向けて、われらが祖先たちに契約書へのサインをさせたように。東京裁判で事後法を使ってわたしたちを裁いたように」

「しつこいな。お前は誰なんだ？」

「わたしは、彼の同胞です」

「ヒロヒトの息子のか」

「はい」

「同胞に利用しつくされたのが、あの男たちではないか！　まあいい。お前もこの、一世一代の見世物《ページェント》を、観にきたのだから。結末は、お前も見たとおりで、決まっているのだ。これは、『日本は変わらない』ということの象徴だ。なんのインパクトもない」

「いいえ、ここがテレビの中でありカメラの外であるように、テレビには、テレビの外の日常があります。暮らしには、戦いにも、続きがあります。続けてみせます」

「いいだろう。日本国憲法を創ったＧＨＱの民政局《GS》と、それに反対した参謀第2部《G2》たちの霊も、観にくるぞ。なんたって彼らが、直接の当事者だからな」

「彼らの役目はもう終わりました。何か言うとしたら内政干渉です」

「ちがう。死者の民主主義だ。民主主義というのは、死者たちのたゆみない努力のうえにできた。それに敬意を払うべきだ。死者たちもまた、この世界にものを申していいはずだ。それに君たちの内政は、わたしたちによって青写真を描かれたものだ。相手国の憲法を書き換えるのが、戦争に勝つということだ」

別の方面からやってきた二艘の舟から、それぞれ人が降りてきた。

民政局《GS》のほうはわかる。有名な女性がいる。名前はベアテ・シロタ・ゴードン。その名から、日系人だと思っていた自分がいた。そうではない。局長は、イギリスのチャーチルを若く少し太らせた感じだ。彼らは用意された観客席についた。参謀第2部《G2》の長は、ひときわ白い整った顔の人だ。総じて若い、という印象がある。こんなに若い人たちが、日本の占領期をかたちづくったのか。

「思いがけない機会をもらったが、これが本当の民主主義だとわたしは思うのだよ。民主主義とは何か？　民の織りなした膨大な遺産だ。わたしたちは死者をもリスペクトすべきだ」

わたしは何かを言おうとした。しかし、この点は、マッカーサーはいいことを言っていると思った。

「死者と生者の民主主義……」

わたしは呆然《ぼうぜん》とつぶやく。それには心を打たれてもいた。

「シーッ！　はじまる」

マッカーサーが言った。

「リスペクト、しようじゃないか」

マッカーサーは微笑んだ。

「お前もスマイルするといい。スマイルすると、けっこう可愛い」

わたしは、笑っていいのかどうかわからなかった。全身の筋肉が等しく動こうとして、わたしは結果として硬直した。席が埋まってゆく中、マッカーサーとわたしは、最前列にとなり合って座った。そして、椅子の群れから離れてひとつ、かたちのちがう空位の椅子があって人が座るのを拒む雰囲気があった。

今上天皇の額に、紅のしるしがあるのを見た。

自分の額にさわった。紅が指についた。天皇とわたしには、少なくともそこだけは共通点があった。

今上天皇は、抽斗《ひきだし》からおもむろに箱を取り出した。箱の中には面があり、面をつけても天皇は同じ顔にしか見えない。ただし額に紅はなかった。

どこからか、笛の音がした。

何かがはじまる。これは舞台なのだ。内容は知らない。

今上天皇が、まっすぐ前を見て話しだした。

時が来た、とばかりに。


「戦後七十年という大きな節目を過ぎ、二年後には、平成三十年を迎えます」


ゆっくりと、天皇が言う。

まずは当たり障りのない始まりだ。この国では、戦争から何年というのが、いつからか時候のあいさつか八月の季語のようになった。

わたしは、初めて聞くようにこれを聞いた。本当に初めてかもしれなかった。わたしは内容を忘れているし、思い出せない。

これは今から二年前に起きたこと。そしておそらくは、今この瞬間に起きていること。

「すべては今起きています。すべては繰り返しです」という、道子さんの謎めいた矛盾にみえるひとことを思い出す。

そして天皇は、自分が八十歳を過ぎたことを言い、社会とともに天皇も老いて、務めを果たしていくことがむずかしくなっていくとき、どうしたらいいのだろうかという意味のことを言った。これをもって、近代天皇制の成立以来はじめて、存命中に退位することを自ら希望したと言われる、「お気持ち」と呼ばれたメッセージだった。

「天皇という立場上、現行の皇室制度に具体的に触れることは控えながら、私が個人として、これまでに考えて来たことを話したいと思います」

マッカーサーが口をはさんだ。

「よう、ヒロヒトの息子よ、『わたくしの立場が憲法に規定されわたくしの自由がないのは、憲法の基本的人権に照らして違憲ではないのか？』という問いをあなたは出してもいいのだぞ？　民主主義はそれを許容する。少なくともわたしたちは。日本国憲法を書いたわたしたちには、それを聞く用意がある」

天皇のおことばは、その呼びかけとは無関係に続いた。

「既に八十を越え、幸いに健康であるとは申せ、次第に進む身体の衰えを考慮する時、これまでのように、全身全霊をもって象徴の務めを果たしていくことが、難しくなるのではないかと案じています」

「え⁉」

わたしは思わず声を出してしまった。

天皇も含め、衆人の注目が、全部わたしに集まった。

何か言わざるをえない雰囲気があった。

「あの……、象徴の務めを果たしていく、って、それが、陛下が『全身全霊』で行うことなのですか？」

陛下は黙ってわたしを見ていた。射抜かれたようになっているわたしに、

「彼に言葉を期待してもムダだよ、おい、かつて、君に言った人があったはずだ。『天皇は人形なのよ』と。

決められたことしか言えない仕組みになっているのだよ。そして、そのときどきの為政者の、人形なのだよ」

マッカーサーが言った。マッカーサーが「かつて、君に言った人」というのは、娼婦のメアリのこと？

マッカーサーがなぜメアリとわたしのことを知っているのか。

そうかメアリは二重スパイ《ダブルエージェント》だった。

そう思ったとき、自分が二重《ダブル》になった。

自分の輪郭の外側に、もうひとつ、層ができてそれが独自の意志を発現させた。

自分の口から出る言葉を、他人のそれのように、自分が聞いた。

「元帥閣下、お久しうございます」

メアリだった。それも、少女のようにみずみずしい。かつて、わたしが代役をしたことがある人、そしてわたしの母だとしれっと言ったこともある人。

メアリとしてわたしは話す。メアリはわたしより英語がたどたどしい。わたしなら使える単語が彼女には使えなかったりする。わたしの頭の中では見えている単語が、話すときには取れない、その感覚は、もどかしくも興味深い。逆にわたしがしない口語表現をメアリは知っていたりする。

そんなメアリがわたしの一回り外の層から言う、

「わたくしは『陛下はお人形なのです』と申し上げましたが、わたくしたちは、みなそうなのです、とも申し上げました。その意味で、陛下は人間の象徴なのですと。元帥は都合のよろしいところしか覚えていないのですね?

わたくしたちはみな、神の人形。

わたくしたち個人の願望でなく、神の希望で、生まれる。

神の意志で、生きる。

しかしながらわたくしたちには自由な意志も与えられ、なんとなれば、それを与えなければ、神は神のままでよい。神が神を、見る必要もない。

神を時間の中に入れてみたのが人間。

そうすることで、神であるときには、わからなかったうつくしさに、出逢うことがあります。

痛みがあるは癒すため、憎しみあうは超えるため。

けれど人間は、あまりに、他人に勝ちたいという気持ちが強く、あまりに、おそれが強い。癒せるより大きな傷を互いにつけた」

「ほう。わたしがおそれているとでも?」

マッカーサーが返した。

「おそれていないどんな人が、原子爆弾など使えましょうや? 元帥は、神がこわくはなかったのですか?」

「戦争を終わらせるための、神の意志だ。日本人は、神を信じていないんだろう?」

「イエス様のことなら、偉大なメッセンジャーだと思っております。お釈迦様のことも」

「あれもこれもなんて信じられんな」

「神の表現はたくさんあります」

「この世界には悪魔の表現もあるよ」

「悪魔はいません。ただおびえた人が、います」

自分を通してなされる、メアリとマッカーサーの対話を聞いていた。

しかし、わたしにはどうしても知りたいことがあった。

メアリに呼びかけようとする。

〝メアリ、わたしはどうしても今上天皇と話したい〟

〝あの方が国民とともにあるは、国民にともにあってほしいから。それを忘れないでいてください〟

〝はい〟

〝マリ、重いものを渡してしまいました。ごめんなさい。光を感じてくれたのは、あなただけ〟

〝買いかぶらないでください。わたしはただの弱い人間です〟

〝弱さを知るは、強くなるため。

退位は即位。そこは時空の出逢う特異点〟

自分の輪郭がピシッとした感覚があった。発言権が、メアリからわたし自身に戻ってきた。

「天皇陛下、おしえてください」

今上天皇が、じっとわたしを見た。

こういう目を、わたしは今までに見たことがなかった。自分が透明になる。わたしは水の中の水。光の中の光。見える対象はあるのに、自他がない。けれど自分である。すべて自分であり、同時に自分は存在しない。

「陛下は、象徴としての務めを全身全霊で果たす、とおっしゃいました。しかし『象徴』というのは、誰かが書いた、ただの言葉です。もっと言えば、第二次世界大戦に負けた日本を占領した、アメリカの占領軍が書いた言葉です。それをなぜ、そんなに大事になさるのですか？　それになぜ全身全霊を、かけたりなさるのですか？」

なぜか涙が流れてきた。わけもわからず泣きながら話していた。

「陛下、『象徴』というのは、人が考えたこと、架空の話です」

天皇はわたしをじっと見ていた。

じっと見られると、落ち着くような、そんなまなざしだった。まなざされると、不思議なことが起こる。なぜだか自分で言うことが、自分の腑に落ちる。まるで相手がわたしで、わたしが相手であるように。

「そうか。そうですね、憲法は、現代の神話です。そして神話とは常に、人が書く。同時に、読む人が信じなかったら、神話は継がれない」

自分で言って、はっとした。

「もしかしたら、お父様の昭和天皇が果たせなかった究極のことをされようとしているのではないですか？　わたしは昭和天皇のいわゆる『人間宣言』を、後の時代に読んだときに、ひどいショックを受けたのです。『私は人間である』とは言っていない、ひとことも。でも、もっと衝撃的なことがそこに書かれていた。『朕と汝ら国民との間の紐帯《ちゆうたい》は、終始相互の信頼と敬愛とに依《よ》りて結ばれ、単なる神話と伝説とに依りて生ぜるものに非《あら》ず。天皇を以て現御神《アキツミカミ》とし（……）との架空なる観念に基くものにも非ず』つまり『神話は架空であり、わたしと国民のつながりはそこにはない』。すごい言葉だと思いました。神とされた人が、神話を架空だと言う。わたしにはこう聞こえました。作家の三島由紀夫が英霊の口を借りて叫んだことを、わたしは思い出します。『国が敗れた後、人間ならば人間の務めとして、陛下は神であらせられるべきだった。しかし、最も神であらせられるべきまさにその時、陛下は人間にましました』

今、陛下は、このときに果たされなかった約束を、継ごうとしているのではないでしょうか。

陛下一人だけは、神であるべきときに、神で在り続けてほしかった。英霊たちが昭和天皇にそう望んでいたとしたら、それを今上陛下は、しておられるのではないですか？　贖罪として、そして真新しい契約として。民が望んでいるか否かにかかわらず、たった一人で、現代の神話の主人公となること。

憲法が書かれるとは、国のかたちが生み出されること。不本意ながら、この国は、新しく生まれてしまった。神話も、国家も、架空のものかもしれない。が、神話が書かれたのであれば、神話は、常に息を吹き込まなければ、腐ってしまうものだ。明治から昭和二十年までにおいて、それが起きた。神話は、祀り上げられて、息を吹き込まれることなく、腐ってしまった。神話が腐ったとき、本当に真に危険なことが起きた」

「わたくしが個人として、これまでに考えて来たことを話したいと思います」

天皇は言った。

本当に、決まったことしか言わないのかもしれない。ぎりぎりの際で、言えることしか。

しかしメッセージは伝わった。そういう気がする。

個人であること。たった一人であること。

人はすべてそうであること。

それは、神話に書かれた存在でありながら、「好きにはさせない」と言う主人公。作者の好きにはさせない。読者の好きにもさせない。

すべては運命なのか、それとも自由なのか。

この天皇を見ていると思う。

この天皇は問いかけてくる。

すべては運命であり、運命とは、自由に表現できる機会なのではないかと。

「天皇陛下、『象徴《シンボル》』の神話については、訊くべき人々がいます。もちろん、ＧＨＱの民政局《GS》の方々です」

わたしは言った。

思う、これは、「国産《くにう》み会議」なのだと。

古い国が一度潰《つい》え、不本意ながら潰えたことには悪くない側面もあり、そして不本意だろうと新しい国は生まれ、神話は新たに書かれた。そこに明記された「象徴＝シンボル」とはなんなのか。定義をはっきりとさせなければならなかった。ないなら、今、つくらなければならなかった。

退位と即位が同時に起きようとするとき、時空の特異点ができるとメアリは言った。そのとき原点にたちかえるのだ。

これが夢でもいい。ここで考えたことはわたしに残る。その後わたしを動かすだろう。

人がインスピレーションを受けるのに、夢と現実の差はない。

わたしはGSの人々に向かって言った。

「"The Emperor shall be the symbol of the State and of the unity of the People."と、日本国憲法の英語訳にあります」

「いいえ、ちがいます。それはわれわれの原案そのままであり、したがって日本国憲法の原文は英語です。現在もわれわれの原案が、国際的に読まれている日本国憲法です」

GSの男性が言った。

「あ!!」

その通りだった。そしてその実感を、何度でもなくしてしまう。

「あなたがたが、天皇を日本という国の憲法の第一章に八条まで記した意味はなんでしょう?」

「それはワシントンの政治的判断です。わたしたちは個別の天皇および天皇制に、べつだんの思い入れはなかったのです」

「天皇が平和の象徴だとも?」

「思っていません」

別の人が言った。

「私は共和国を構想した。ならば、天皇はいなくてよい」

「天皇を処刑するよ、というのは恫喝《どうかつ》のカードとしてはとても使えたがね」

天皇を前にして、天皇と国に関する会議をしている。そして、アメリカ人たちにとっては、今上天皇はかかわりの薄い天皇であるらしく、昭和天皇の時代にあったこと思ったことばかりを、遠慮するふうもなく話す。わたしは今上天皇の真ん前に在る空っぽの椅子を時折気にする。

こういう占領統治者との話し合いは、じっさい当時あったであろうし、日本人の間でも、議論されるべきだった。なんのために死んだかがわからない死が、膨大にあり続けてはいけなかったし、民は、新しい行先を見出さなければならなかった。舟に行き先と海図と羅針盤が必要なように、それはよくよく話し合われなければならないことだった。ひとつの神話が、失われた後には。

天皇を見た。天皇はわたしたちの様を、熱心に見ていた。

「あなたがたGSの方々が、天皇に『象徴《シンボル》』という語を当てたのは、なぜですか?」

「わたしたちGSは、天皇の研究を一九四五年以前からしてきました。その天皇の見たままを、表現しようとしたとき、シンボルという言葉がやってきました。降りてきた、と言いましょうか」

「見たまま、とは」

「シンボルとは、たとえるなら旗です。明治維新の立役者たちは、天皇を『旗』にたとえましたね」

「たしかに。錦《にしき》の御旗《みはた》……と」

わたしは呆然と、倒幕薩長軍が使った言葉を思い出す。担ぎ出す天皇を、「錦の御旗」と呼んだ。それがあるから、わが軍のほうに大義があるのだと。天皇を旗だと、はっきり言った。誰々天皇、とさえ言わなかった。個人的カリスマがあるから使ったのではなかった。機能しか必要としていない。個人などどうでもいい。


〝シンボルとは、旗のようなもの〟

旗のようなもの、という言葉が、憲法の第一章第一条に書かれているのだ。

もし現実にこう書かれていたなら、どんな気持ちがするか。ひどく違和感があるか、わけがわからないか、のはずだ。


〝天皇は、日本国の旗のようなものであり、日本国と国民の統合の、旗印である〟

もし、こう書かれていたなら、日本人にもおかしさの本質がわかったと思う。

そして天皇が、その責務を、全身全霊でしてきたというのだ。

「旗」の責務を。

「象徴」という言葉を使うと、何かをわかったような気になる。でもこの憲法の原文は英語であり、外国人は英語で日本の憲法を読む。だったら英語で理解したほうがいい。

会社のシンボル、といわれるものを考えてみる。それはロゴマークみたいなものだ。英語で日本国憲法を読む人の中には、どういうものが想像されているのか、見当がつかなくなった。

考えていると、GSの人が言った。

「たしかに、明治の『革命』を担った人は天皇を、旗にたとえましたよね。しかしそのずっと前からです。天皇は、いつも空白の中心のように在り、むしろその周りが、権力を持ち、天皇からは権威を借りていました」

「たとえるなら空き地。箱。神の降り立つ、中は空っぽのスペース」

わたしの唇から言葉がこぼれた。わたし以外の誰かの言葉にも思えた。たとえばメアリの。たとえば道子さんの。わたしの国の先人たちが、天皇に関して知っていたか感じとっていたことの言葉。

GSの人が返してきた。

「あなたがたの信じる神のことはわかりませんが、権威を借りるために、日本人の歴史上の権力者たちが、天皇のことはいつも残しておいたのは事実です。天皇はそうして、近代がくるまで生きのびました。歌を詠み恋をしていました。わずかな例外はありますが。そういう、受動的な存在です。だから、今、天皇制についてわたしたちが問われたのであれば、女性はむしろ天皇にふさわしい感じがします。それは男女同権の観点からではなく、天皇というものの歴史を見たとき、非常に女性的な感じがするからです」

「しかしシンボルと普通言ったら、ロゴマークみたいなものですよ？」

「そうですね」

「それを人に使うって、どういうことですか？」

私は訊く。

「どういうことってそういうことです。そういう人でしょう。そのように使われてきたのが、天皇ですから」

「シンボルがあるためには、それが象徴する『内容』がなければなりません！　内容が書いてないのに、何を象徴すればいいんですか？　無体《むたい》だ！　それは無に無を重ねることです！」

「そこまで、外国の占領軍に書いてほしかったというのですか？」

GSの人が言う。

「わたしは象徴という言葉の、字義矛盾を言っています！　そんな矛盾の大きな言葉を使ってほしくなかった！」

「私たちは本国からの命令で、日本という国の基本的構造を残しました。箱を残したとも言えます。そこにあった旗も残し、民が集まれるよう、その旗が徴《しるし》です、と書きました。あとは関知しません。日本を救うために書いたことではないし、天皇を救うために書いたことでもありません。中身は、日本人が満たすべきものです。日本人の心を代弁はできません」

そのとき、黙していた天皇が話し始めた。

「天皇が象徴であると共に、国民統合の象徴としての役割を果たすためには、天皇が国民に、天皇という象徴の立場への理解を求めると共に、天皇もまた、自らのありように深く心し、国民に対する理解を深め、常に国民と共にある自覚を自らの内に育てる必要を感じて来ました」

わたしとかつてのGHQメンバーとの議論はつづいている。

「天皇を残しては実質上、立憲君主制であると思いました。望むところではなかったですが、致し方ありません」

とGSの人。

「Unityという言葉にあなた方が込めたものを、教えてください。UnityとはUniteから来ていますよね？　結びつくということ。異なったものたちが結束する、であるとか。United States の Unite」

「似ていますがちがいます。それらはおおもとは同源なのですが、UnityはUnitから来ています。一体感、というのがUnityの感じです。日本人を見たとき、一体感を大事にする民であるように見えました。そしてその民一人ひとりの心の中に、あの、無力な王がいる感じが、しました」

「シンボル」つまりは「象徴」に込められた感覚が、突き刺さってきて、泣きたくなった。

孤立無援な気がした。

天皇の声が聞こえてきた。

「こうした意味において、日本の各地、とりわけ遠隔の地や島々への旅も、私は天皇の象徴的行為として、大切なものと感じて来ました。皇太子の時代も含め、これまで私が皇后と共に行って来たほぼ全国に及ぶ旅は、国内のどこにおいても、その地域を愛し、その共同体を地道に支える市井の人々のあることを私に認識させ、私がこの認識をもって、天皇として大切な、国民を思い、国民のために祈るという務めを、人々への深い信頼と敬愛をもってなし得たことは、幸せなことでした」

《天皇の象徴的行為》という言葉もまた、はじめて聞くようにわたしは聞いた。象徴的行為とは、民と共に在ること。できるだけたくさんの地方の、たくさんの市井の人々と。とりわけ、傷ついた人々と。地震で、津波で、原発事故で。そして先の大戦で、原子爆弾で、空襲で、国内で唯一戦われた地上戦で。

彼がしたことは、共に在ることだった。

それだけといえば、それだけだった。

それが、象徴的行為なのか？

無力。無力と言えば無力。でも――

「あまりに無力と言われると……やはり悔しいような気持ちになるのです」

GSの女性に向かってわたしは思わず本心を吐露した。

「そうですか？　イエス・キリストは無力な人でした。弟子にさえも理解されず、殺されてしまいました。しかし、ゆえにわたしたちは彼に思い入れます。無力さを、つつまず見せるほど強いことがありますか？　無力さほど普遍的なものが、ありますか？」

無力さほど普遍的なものはない、という言説はわたしを救う。少しは救う。

「が、それがなんのシンボルであるにせよ、シンボルの意味のなさには、迫れていないのです。あなた方は、思ったままを書けばよかったかもしれない。けれど、シンボルを第一章第一条にもってこられた国民の気持ちを考えたことがありますか？　日本人が混乱するとは、考えなかったのですか？」

感情をぶつけられた人たちは、当惑したように黙った。

しかし、思えば不思議なことだった。わたしの国で、これに混乱したという人を、聞いたことがない。内容がなくてシンボルがあると書いてあるのはおかしいじゃないか？　と言った人を、聞いたことがなかった。そのことにも孤独を感じた。そしてそのことについてまともに話し合えるのが、外国人しかいない。

「シンボルっていうのは、何かに対しての、たとえです。よりカバー範囲の広いたとえであり、いつも半分具体物です。概念になりきってない！」

ああ、天皇ってそうだ。半分霊、半分具体的人間。

神学としては、そこが不十分なのだ。

わたしはもう、誰に向かって怒っているのかわからなかった。天皇にかもしれなかった。天皇を見た。何か助けを求めていたのかもしれないが、本当に無力《ヘルプレス》に見た。はじめて見る男のように、その一人の男を見た。

しかし天皇のまなざしはいつでもやさしい。なぜやさしいのだろうこんなときに。キリスト教の教義にされる前のイエス・キリストに会ったとしたら、もしかしてこんなまなざしの人だったかもしれない。いつくしみ深き友なるイエスは。

〝そうだよ〟

声がした。

天皇と目をみかわしていると、その背後から、聞こえてくる声があるのだった。

〝きっとそうだ。わが最愛の娘よ〟

〝誰なんですか〟

訊かなくてもわかっていた。

〝お父さん……！〟

わたしの目から涙があふれた。

父がそこに現れた。三十年間ここにいたよ、とばかりに。

「悪かった。箱は、わたしの象徴でもあった。わたしは空っぽだった。そしてわたしは、箱をつくればいいと思っていた。何かを箱に入れたら、中身は自ずとなるのだと思っていた。家も、会社も。それくらいしか考えられなかった。家を建てた。会社をつくった。モノをつくった。あの頃の日本人がすべきなのは、それだと信じていた。それが国のためだとも信じていた。でも、中身のことをよく考えなかったし、それを十分愛したか、そこに自信がない。お前たちと、ゆっくり話もしなかった。社員たちとだってそうだった。何を求めているか、きいたこともなく、ただ与えることだけをしようとした。お前の目をじっと見て微笑むこともなかった。そこに映る世界を、一緒に愛でることもしなかった。そうして死んでしまった。会社も失ったし、みんなの家も失ってしまった。悪かった。築いたものを失って、もう、自分は生きている価値もないと思った。家族に顔向けもできなかった。もう死んでしまいたいと思っていたら、本当に病気で死んでしまった。でも、生きてできることはあった。恥ずかしくても無力でも、存在すること。居間の陽だまりに一緒に座ること、太陽が海の色を変えていくのを眺めること、笑ったほうがだんぜん可愛いよと伝えること、お前の目のうつくしさ、まつげの長さ、お前は気にしていたが可愛いそばかす、そういうものをゆっくり見ること。他にすることなんてあったんだろうか。この無力と呼ばれている天皇が、ただ見守るしかしないことに感動する。それができたらいちばん強い。それしかできないはずだった。何をしても、おそれからしたことは、いったんは成功しても、破壊と喪失だけを呼ぶ」

「おそれからしたこと?」

「何をしても、いつか失われるのではないかというおそれ。家、愛する者たち。一度、敗戦の時に思った。すべて奪われるのではないかと。ある日外国の兵隊が家の中に入ってきて、財産を奪い、女たちを目の前で犯し、自分はなすすべもないのではと。たとえば満洲でソ連軍がしたように。中国大陸その他で飢えた日本兵がしたように。結婚してもずっとこわかった。そういう夢を見た。何度も見た。それを誰にも言わなかった。ママにも。さいわい、そういうことは起きなかった。少なくとも、うちには。なぜ奪われなかったかは考えなかった。長い目で見て、もっと効果的に奪おうとしたのかもしれなかった。それが、うまい勝者かもしれなかった。パパたちは敗けた。戦争に敗け、それからあまりに視野が狭くなって、目先の儲けにしがみついた。だから経済戦争にも敗けてしまった」

「ごめんなさい、パパが不安を抱えていたことを、考えたことがなかった。それはパパを人として見てなかったみたいな感じだ。戦争に敗けた男たちの気持ちを、考えてみたこともなかった。そうだよね。不安でたまらないよね。自尊心だって、ズタズタだよね。よくがんばれたなと、今思う。わかるのが今で、ごめんなさい」


物語の空位は、何かで埋められなくてはならなかった。

すべての神話はフィクションである。

それを言うなら資本主義も。貨幣経済さえ。

ならば、あふれるほどのモノをともなう神話がよかった。もう神に裏切られるのはごめんだった。

しかし裏切ったのは神だったのか？　もともと神話が、神話のていをなしていなかったのでは？

聖書もコーランも共和制も民主制も、物語をきっちりつくって、共鳴者を集めようとした。フィクションの内容を微に入り細を穿《うが》って協議した。それは、強烈に「外部」をつくり、他者をつくり、「敵」をつくるが、自分が何者であるかは、きっちり定義される。

一方、「教義」にあたるものの多くを「箱」のような「象徴」に負わせた天皇制のようなものは、「箱」の中に、無数の解釈をよびこむ。

箱は何でも入れる、寛容な容《い》れ物に見えるけれど、非常時に、「なぜその箱があるか」という理由と、何が入っているかを、説明できない。箱はあなたに先立ってあって、あなたを入れていたのです、という説明ができるだけだ。

これは主体意識の欠如となり、被害者意識を生む。寛容に平和に共存しているように見える箱の中身は、実は意志の統一がとれていない。だから、非常時に、同胞がいちばんの敵となりうる。だから手段と目的をとりちがえる。国と民を守るのが戦《いくさ》であるのに、戦のために死ねと言う。もともとは、その箱を自分で選んではいないという、被害者意識がある。それで誰もが責任逃れをする。最高責任者はといえば、中心にはもともと、誰もいない。

おそろしいことが起きた。「箱」に向かって。

一気にこうわかったとき、わたしは崩れ落ちそうになった。

「そんなこと、よく、耐えられたな……」

思わず言って、父と涙を流した。

「そうね」

と言う人があった。舟をこいでくれた人だった。

かぶったものをとるとそれは、母だった。

「本当は、耐えられなかった。一夜にして価値観がひっくり返ってしまうなんて。けれど、それを耐えられないと言う先もなかった。ショックだと、思うことすらできなかった」

初めて聞く、母の告白だった。

「心が、なくなってしまった。信じたことは嘘だと言われて、そのことさえ、なかったようにみんながふるまって。無いことについて言うのはむずかしくて、言い出すと蒸し返したと嫌な顔をされて、みんなと同じようにふるまってみるしかなかった。だけど、何も楽しさを感じられなくて。いまさらもうひとつ、嘘が嘘だと言われたところで、平気なようにふるまっていた。感じられるのは、うれしいのは、ごはんを食べる、それくらいのこと。

お兄ちゃんがいたでしょ。戦争で死ななかったけど、戦争に殺されたと思う。そのことでわたしはお父さんをどこか許せてない。お父さんが信じていた、男というもの、日本というもののために、死んでしまった。お兄ちゃんは頭のすごくいい人で、数学と物理がで きて、音楽を愛していて、指揮者になりたくて、へなちょこだった。軍事教練の成績で甲《こう》乙丙丁《おつへいてい》の丁がついた人なんて見たことない。女のようだと言われて、いつも父親にきつくあたられていた。お父さんはわたしのことは可愛がってくれたのにね。寒い夜に、お父さんの布団にもぐりこんで、冷たい身体をあっためるなんてことが、わたしは大好きだった。でもお兄ちゃんにはそうじゃなかった。そんなお兄ちゃんを鍛えなおそうと思ったのか、重い荷物を背負わせたりして、お兄ちゃんは身体を悪くして死んでしまった。伊勢湾台風の日だったのを覚えている。わたしはそのとき赤坂プリンスのプールにいたことに、罪悪感を持っている。わたしが快適であってはいけないと。でもわたしはだらしないから、快適さが好きで……」

「それは罪ではないよ」

わたしは言った。

「豊かさが好きなのは罪ではない、お母さん。

豊かさの意味を十分に考えられなかったと苦しむことはない、お父さん」

それがどういうものか知ろうとする前に、飢えた身に、どんどん与えられたことの残酷さ。何をほしいかもわからないままに、ほしがらされる。何を得ようと、満足することがない。

「そういうことをわかろうとさえしなかったことをゆるしてください」

「いつもこわかった。この財産も女も、奪われるのではないかと。戦争が終わってすぐに、思ったように。守りたかったが、どう守るのかわからなかった。パパには男というものが、父というものが、よくわからなかった」

父は母に抱かれて泣いていた。父が泣くのを見るのは初めてだった。

戦争に敗れた国の男の気持ちを、わたしは考えたことがなかった。それを考えてはいけない無言の強制が、社会にあったように思う。

「コールガールよ、お前は何をしたいのだ」

マッカーサーが、妙に優しげに言った。

「考え続けることです。人間として、日本の国民として、天皇とも一緒に考え続けることです」

マッカーサーに心を奪われないようにしなくてはいけなかった。今、わたしのもとに箱はふたつある。これで完全なはずだ。天皇霊の100%があるとする。が、わたしが守護しているのが魂だとしたら、わたしは特別な訓練も受けていないし——魂の遷移の技術に長けた一族がいるのだと、老メアリは言った——人の魂であるなら、そしてその在り処を留めることなど素人にできないはずだった。

わたしの心にすきがあれば、きっと、魂を留めることなどできない。マッカーサーは、半分を持っていたらしいとき、あと1%でもとれれば、過半数というふうに言った。株主総会だってそれで勝てると。箱の中は完全に50対50でなく、推移するもののように思えた。人のように、浮動票があるのではと。そして、箱を出てしまうものも、あるかもしれなかった。箱に秘密があるというよりも、それを扱う人の心に秘密があるのかもしれなかった。どれだけそれを信じられるかという。

そう、もし天皇霊が本当にあるとして、今はそれが半分半分に分かたれているとして、より適切に降ろすものがあるとしたら、そちらに行くのではないだろうか。

ということは、天皇はどこにでも在りうるのではないだろうか。

天皇霊の原理的には。

「もうあきらめて、箱を全部こっちに渡すのはどうだ？　悪いようにはしない。アメリカのほうが、うまく運用できる。なあ、イエス《セイ・イエス》と言わないか？」

「ノー」

「頑固だなあなたという女は。

……さて、わがヒロヒトの息子よ」

マッカーサーが、天皇の小休止の呼吸に合わせて、絶妙に語りかけた。

「誰とも目を合わさず、いったい誰に向かって話していた？」

天皇は、わたしたちを見透かすように、遠くを見て話していた。

その話の腰を折るように、マッカーサーは呼びかけたのだ。

「国民です」

天皇が、マッカーサーに向かって、はっきり言った。

「無益なことを！　民主主義の主たる国民などいない。日本にいたためしがない！　日本の民主主義の直接の利害関係の持ち主は、わたしたちではないか！　わたしたちが書いたのだからね。女性の権利だってね。日本人は、享受しただけだ。

国民はあなたがいなくなったところで、気にせぬ。よく見ていた好きなタレントが一人いなくなるだけだ。あなたは日本史上最大のタレントだ。はじめての大衆天皇。タレント天皇。ほめているんだよ正真正銘。ヒロヒトの息子はよくがんばった。父親の汚名も返上したように見える。しかしあなたの民を見よ。六十年以上、実質上、一党独裁で、それになんの不満もなかった民だ。それはもとをたどれば、アメリカの、独裁なのだ。世界史上最もうまくいった独裁だ。あなたがたはそのシンボルであった。一政党の独裁によって民は経済の甘い汁を吸えるなら、それでよかった。その甘い汁すら、アメリカから来た。国民はそれをよろこんだ。それがあなたの民だ。太陽の息子よ、いや太陽の孫かもしれないが、経済がうまくいかなくなったのは、気の毒《アイム・ソーリー》なことだ。しかしアメリカとて、うまくいくことばかりでなくなったのだからね」

　今上天皇は何も言わない。

「われらは天皇や天皇制が好きで残したわけではない、苦肉の策だ。日本の先人の苦肉の策を、われらが使わせてもらった。

　天皇制も天皇も、いずれ消えていいと思っていた」

「そこはわたしたちも、同じです」

日本国憲法を書いたGSと、それに反対していた現実路線の右派G2。ふたつのGは、天皇にも天皇制にもなんの思い入れもないという一点で、同じだったのか。

「天皇は、必要悪として残しました。自然消滅するならそれに越したことはない。日本は共和国になればいいでしょう」

「消えることに、GSとG2の別もなく、わたしたちは賛成だ。天皇がいるなどは、民主主義国家ではない。わたしたちは、耐え難きを耐え容認した」

G2の誰かが言った。

「天皇がいるのは共和国ではない、と言うべきでしょう。民主主義国家ではない、とまでは言えないと思う」

わたしは返した。

「あなたがたがそこまで詰めて議論をしたとしたら、今こんなことになっていないと思いますね」

「しかし、いずれにせよ天皇家が存亡の危機に瀕するようしむけたのは、アメリカではないよ。天皇継承者は男系男子のみだなどという厳しい縛りを与えたのはアメリカではない。明治の日本人であり、大戦後の日本人も、それを残した。まるでそれが最後の男のプライドだとでもいうように。

だから、何度も言うが、もうやめろ。あなたが気の毒である《アイム・ソーリー・フォー・ユー》。日本に国民など、存在しない」

最後通牒のように、マッカーサーが言った。

「黙ってください！　国民は、今創生されています！」

わたしは叫んだ。

「今、かい⁉　君たちは、民主レベルはやっぱり十二歳だね！」

マッカーサーが言う。日本の占領期の終わりに言って不興を買ったように。

「国民国家など、どのみち新しい神話ですし、もはや古臭い神話かもしれません。民の統合のかたちは、日々、瞬間瞬間に、創生されるものです！　どんな神話も、あらたに息をふきこまれる。瞬間瞬間創生される。そうでなければ、それは生きていると言わない」

わたしは言った。

天皇以外の声はマイクで拾われない。つまりその音声はＴＶに収録されない。

しかし激しく叫んだとき、驚くべきことが起きた。

肌身離さず持っていた箱がひとつ、地面に落ちた。

マッカーサーと二人で、争うようにそれを取ろうとした。左右どちらの箱か、たしかめる間もなかった。

さらに驚くべきことが起きた。

箱が、壊れた。

わたしが持って以来、開いたことのない箱が。

箱は空《から》の中を見せていた。マッカーサーと二人で、一瞬、呆然として空中で手を止め、互いに何も言わなくなった。

二人の中で、何かが止んだ。

「元帥、わたしがここにいるのは、争うためじゃない。誰かを負かすためでもない。人類の遺産を引き継いで、新しく始めるためなんです」

マッカーサーは何も言わなかった。ただ、引き下がった。レディーファースト、と言わんばかりに。それは負け惜しみともなんとも言えない表現なのだが、かの人の、そういう仕草は、好きだった。甘くて。

さてわたしはここから何を理解するのか、どこへ至りたいのか。

シンボルは、「箱」は、共和国宣言などとちがい、話の「内容」ではない。「概念」でもない。箱は容れ物である。だから、それを選び取った意識が成員に薄い、あるいは、ない。

そして、箱の中に何かある……という認識さえ共有されていれば、実は「箱の中が空っぽ」でもよかった、たぶん。

箱はなんでも吸い込む「空《くう》」だ。

そう、「シンボル」でなく「概念」にするなら、それは仏教用語の「空《くう》」なのだろう。日本文化がある時点で仏教を必要としたのは、概念が必要だったからだろう。それが必要で内側から生まれるまで、待つだけの時間がなかった。日本文化はそうしていつも待ったなしで習合し、独自に進化した。

この箱には、目に見えないものが入っているのかもしれないし、本当に空っぽかもしれない。

わたしが携帯しているもうひとつの箱には、なにか入っているのかもしれないが、両方空っぽ、ということも、あるのかもしれない。

「空《くう》」がこの国の「象徴」というなら、この国とはなんだろう？

こんなどうにでも解釈できる設計図を持ったまま、国が現代国際社会でやっていけるとは思えなかった。いや、もうこれは、すでに大破綻しているのだ。

天皇がお気持ちの表明を再開する。

「憲法の下《もと》、天皇は国政に関する権能を有しません。そうした中で、このたび我が国の長い天皇の歴史を改めて振り返りつつ、これからも皇室がどのような時にも国民と共にあり、相たずさえてこの国の未来を築いていけるよう、そして象徴天皇の務めが常に途切れることなく、安定的に続いていくことをひとえに念じ、ここに私の気持ちをお話しいたしました。

国民の理解を得られることを、切に願っています」

「国民」という天皇の言葉が、わたしの何かを動かした。

誰に言うともなく、何を言うかもわからないまま、わたしは話し出した。

「わたしは、一九八五年五月八日、第二次世界大戦がヨーロッパで終結してから四十年の節目に、ドイツのヴァイツゼッカー大統領が連邦議会でした演説を思い出していました。あれは、わたしの救いでした。なぜ救いだったのかが、今よくわかりました。あれは、わたしの国の戦後に切実に必要で、でも、無かった言葉だったからです。

あれほどのことがあった後には、共同体は、新しい物語、新しい言葉を必要とします。そしてその新しい言葉は、過去を受け止め、あらためるべきをあらためて、新たな道を模索することでなければなりません。あれほどの傷は、ただ時が過ぎるだけでは癒えません。影響力のある誰かが、それを言葉にしなければならなかった。そういう節目と言葉が、日本にはなかった。もし日本にもあったら、どれほどの心が救われたかしれません。そういう人たちの心のケアに、予算がとられるようになったかもしれません。

ヴァイツゼッカーはその日、こんなふうに言いました。五月八日は心に刻むための日である。ある出来事が自らの内面の一部となるように。そして、あの戦争で傷ついた人たちのことを細かに挙げ、彼らの痛み苦しみ、そして悲しみを、心に刻んで忘れないようにしようと言いました。戦争で傷ついた人とは、ホロコーストの犠牲者や、戦闘で死亡または負傷をした人たちばかりではありません。他国の民族、殺されたジプシー《ロマ》たち、同性愛者たち、レジスタンスたち、精神障害者たち。空襲におびえた人たち、故郷を追われた人たち、暴行・掠奪された人たち、強制労働につかされた人たち、不正と拷問、飢えと貧困に耐えた人たち、迷いつつも信じ、そのために働いたものが無価値と知った人たち、そういう数限りない身体と心の傷。暗い日々にあって、人間性の光が消えないよう守りつづけた女たち。戦争で他者を助けるために生涯独身で孤独だった女たち……そういう、すべての嘆きと悲しみを、忘れないようにしよう、と。

ドイツの敗戦処理にも問題はあります。すべての悪をヒトラーに負わせて切り離すことは、本来はできなかったのかもしれません。それでも、戦争で傷つくのが誰なのか、という想像力が、見事なのです。それが、死や空襲におびえ、信じた価値を失って心さえ喪失した両親に育てられた子供である、日本のわたしにも、届いたのです。わたしの生きづらさも屈折も無力感も、少し慰められた気がしました。誰かがわかってくれるだけでいい。世界のどこかから誰かが見てくれていると思えるだけでずいぶんちがう。でもやはり、これが自分の国の政治家であったら、と願わずにいられませんでした。

ドイツにはドイツのむずかしさがあり、日本には日本のむずかしさがあり、日本が独自に考えなければいけないことがありました。それが天皇で、ヒトラーのようには扱えませんでした。また、戦勝国によって、天皇は免罪までされてしまいました。天皇は、どこからか来て政権をとった人ではありません。自国のうちに、ずっと在り、権力や武力があったとは言いがたい。これを日本から切り離すことも、断罪することも、むずかしい。もとから『象徴』のような『シンボル』をまつってまとまった民族が、戦争を戦って、失敗して、どうしてそうなったかを、はっきりさせることはむずかしいのです。今だってむずかしいのだから。そのむずかしさを避け、日本人は、たまたま冷戦下でアメリカに優遇されたことに、飛びついたのだと思います」

わたしは天皇を見た。小さな島に組まれた日本の居室を模したテレビセットにいる天皇を。それは未だふわふわした島で、自分たちが、この島を創っているような気持ちがしてくる。天皇はわたしを見ている。わたしと共に繰り広げられた、ある日本の家族の物語と、かつて占領期に日本をつくったアメリカ人たちとの議論や攻防も。

天皇を象徴するもののひとつが、「箱」であるなら、「天皇」とは、どんな考えでも呑み込んでしまうブラックボックスだった。それが戦争に使われたのは、悲劇だった。そのことが語られなかったのは、ある意味で、もっと悲劇だった。心理的にあまりの欠落を抱えこんだ人たちに育てられた次世代以降が、むずかしい問題を解かなければいけない。

「ヴァイツゼッカーが演説をした一九八五年は、ドイツではベルリンの壁が壊される四年前、それは日本にとっては、バブル景気につながる円高誘導がニューヨークで合意された年でした。日本はただただ物質的繁栄のみを謳歌したいように見えていて、若い世代は、それに絶望しながら、それなしではやっていけないようなよじれを抱えました。わたしはそう感じます。

神話の誤った運用と決別し、軌道をそこから修正し、傷ついた心と魂を慰める行為は、必要でした。経済力のついたこの頃か、少し以前に、すべきタイミングがあったと思います。傷ついた無数の人たちのために。傷つけた無数の人たちのために。

その責務を負った人が誰もいなかった、と思ってきました。

ただ、この天皇がしてきたことをよく見るなら、ヴァイツゼッカーが言った内容の『象徴化』ではないかと思いました。

戦争の傷をめぐる世界の旅をすること。傷ついた、傷つけた人々の前で祈ること。弱い人と共に在ること、弱った人、傷ついた人の手を取ること、助け合おうということ。混乱にあって、我を失わずにいようと励ますこと。天皇はそれを言葉で言うことができなかった。憲法で制限された存在だからです。わが国において、憲法を、国家権力を抑制するためにあると本気で信じている人は、少ない。けれど、この天皇はそれを「体現」しようとしたのではないか。日本の軍隊が傷つけた人々の地を慰問もした。言いたいことを、言えない状態で。その孤独な戦いを思います。そのことに、今、感動をおぼえます。

そして、天皇が日本の象徴であり、国民の象徴であるなら、行動を問われているのは国民なのです。

わたしは天皇のように行動できるか、わたしが天皇だとしたら、どう行動するのか。一人ひとりが、考えてみることができたら、事態はずいぶん変わるのではないでしょうか？国民の質が決まって、天皇の質が決まります。なぜなら『天皇は国の象徴』だからです。象徴は、象徴するものが必要です。象徴する統合された国民のかたちが必要です。天皇は鏡です。国民を映す、鏡です。神社の本殿に行くと中は鏡ひとつです。あなたが神だ、と言われるのです。

これが、異論のある考え方なのはわかっています。しかし、

『あなたが神ならどう振る舞いますか？』

と問われ、それを自問することは、人間として、意味があると思うのです。あなたが神なら、独裁したいですか？　万物を創ったのが、あなたなのに？　攻撃したいですか？　殲滅《せんめつ》したいですか？　あなたが神なら？

わたしは天皇制の議論をしていません。わたしは人間のことを、そして人間のつくる社会のことを、言っているのです。

民の横にいる君主がありうるように、君主を持ちながら、民が国の主であり、君主が民に仕える国、というのは、この地上に、ありうるはずです。人間社会の政体というものは、人がつくるものであり、人の前には、ない。

そして同時に、それを言葉にしていく必要があります。この、一人の天皇の営為は挑戦であり、良心と想像力を喚起するものではありました。けれど、その挑戦が、次代で継がれるとは限らないし、次代の天皇にそれを期待することも酷です。天皇制の弱点は、代替わりするとモードがかなり変わることです。そしてそれに関しては誰を責めることもできない。みなが、一人の個人なのです」

わたしは天皇に向かい、言った。

「『シンボル』という言葉を天皇に当てはめたのは、ＧＨＱのＧＳが、天皇というものをよくわかっていたからです。ある意味、日本人よりも、天皇の本質をひとことで言いえたのです。日本人がここまで概念化できていたら、あれだけの惨劇は起きなかったのではないかと思っています。

『シンボル』という語は、天皇の存在にぴったりです。半分概念で、半分具体。その意味では、あなたは、『初めて象徴天皇として即位した人』というよりは、『初めて、象徴として可視化された天皇』ではないでしょうか。

また、人々の前に姿を顕《あらわ》し続けたのは、祈りであると同時に、歴史への抵抗だった気もします。

あなたははじめから「象徴」と呼ばれた人。

そのあなたが、「象徴」の「意味」を創出しようとしてきた。

呼ばれた当人が、意味を創造しようとしてきた。

それは並大抵のことではなかったと思います。

あなたが引き継いだのは、巨大な空《くう》なのではないでしょうか」

わたしはひと息ついた。今から象徴的な儀式をするような気持ちがした。

「これは『空《くう》』の象徴かもしれませんが、今こそ、箱を、お返しします、天皇陛下。退位後のあなたの幸せと、新天皇に幸多きことを、お祈りします。空《くう》を持ち続けることに、人間が耐えられるのかはわかりません。けれど、それをしないといけないですね。わたしもその責務の重さを、忘れずにいたいと思います」

天皇は、すぐには受け取らず、少し横を向き、面をとった。

そのとき、何か光のようなものが、立ち昇ったのを見た気がした。同席していたアメリカ人の霊たちがどよめいた。人が神を帯びることは、本当にあるのかもしれないと思う。そして神を帯びたものもまた、神と呼ぶのが日本の神の考え方だと、聞いたことがある。面をとった天皇は、同じ面差《おもざ》しだが、ちがう貌《かお》だとも思える。その額にはなつかしいあの紅がさされていた。


「先ほどのあなたの、長いおことばは、どなたに向けられていたのですか?」

天皇が言った。彼個人の肉声を、初めて聞いた気がした。面をつけているとき、それは個人を演じる天皇だったのかもしれない。あるいは、そういう天皇を演じる、なにものか。もしかしたら、神。

「国民です」

わたしは言った。

「私も一人の国民であり、一人の人間です」

天皇が言った。

舞台は終わり、新たに始まった。気がつくと海は夕暮れで、アメリカ人の霊たちは、来た舟で海に出る。離れてゆく舟から、手を振る者たちもいる。わたしたちが踏む地は、固まっている。

「陛下、これをお受け取りください」

天皇に、ふたつの箱を差し出した。天皇と目をみかわした。深くあたたかな瞳だった。

天皇は微笑んで、わたしからふたつの箱を受け取った。それを掌《たなごころ》の中にしばし置いて眺めた。

そののち、天皇はひとつを、わたしに返した。両手で、わたしの両手を包むように。

「え!?」

わたしの掌に、箱がひとつ、残った。それはたしかな重さで、たしかな軽さだった。冷たいところと、あたたまったところがあった。

「国民の理解を得られることを、切に願っています」

天皇が言った。そしてゆっくりうなずいた。

そうか。こういう象徴でも持っていなければ、わたしもまた、忘れてしまうのか。それは「空《くう》」の重さ。軽く、とてつもなく重い。

わたしの手に、その手のぬくもりと大きさとやわらかさとがずっと残っていた。
父のような、母のような。涙のような、海のような。

大津波のあと

1　月の砂漠

不思議な郵便物が来たのは、あのひどい地震と津波と原発事故から、四年が経った春の終わりだった。会社の気付で、差出人名はない。消印は福島。開けるとカード、それは招待状、

「中秋の名月に、あの浜で、月見の宴をいたしましょう。たましいを合わせて月を観じ、歌い、踊りましょう」

と、かつて見慣れた、忘れていた、プラスティック片。

ギターのピック。僕の。ただし、その半分。

「ふたば?」

僕はつぶやく。ピックはなぜだかそそくさとポケットにしまいこむ。記憶が戻ってくる。

僕はしばらく、書きかけだった原稿をディスプレイで見ていた。そうして午前中が過ぎた。

昼食から帰るとまた、同じ原稿をにらんでいる。文字は一文字も増えていない。ゆっくりと何かがやってくる。大波のように。陽射しに目を射られ、不意に、嗚咽《おえつ》がこみ上げた。

こみ上げると抑えても止まらなくなった。僕はデスクを離れ、急いで非常階段まで行き、鉄の扉を閉めると踊り場でうずくまった。そこで、吐くように泣いた。泣いて泣いて泣きじゃくった。僕は中空でたった一人、陽にさらされうずくまって泣く。子どものように。なぜだかはわからない。

五階まで水に浸《つ》かった跡のあるビル。頭まで波に呑まれて窓ガラスが一枚残らず持ち去られた、三階建ての学校。窓枠の中でズタズタに裂かれて風に揺れる教室の暗幕。暗幕という言葉がなかなか思い出せなかったこと。何もない。何もかも奪われている。光ばかりが満ちていて、思い出はなぜか美しい。悲しくもない。むごいともなぜか思わない。なぜ、泣くのかが僕にはわからない。手の中で、痛いほどピックを握りしめている。

＊

ふたば。

それが名前だと知るまでに、どれくらいかかったろうか。

あの地震と大津波から二週間経った日だった。新聞記者が取材に行くには、そもそも間が抜けた頃合いだった。警察担当だった僕は、震災当時、別の案件で釘付けだったのだ。

「僕の名前は、平原洋司」

あのとき僕は、自分の名前から、独り言のように始めた。相手が話さなければ自分のことを話すしかない。少なくともそれが礼儀だろう。

しかし、名前くらいしか言うことがない。お互い、目なんか見ない。第一、向かい合っていない。なんとなくそう座ってしまったのだけど、心を見透かされないのは助かった。自分がでたらめな存在であるのは、自分がいちばんよくわかっているから。ビニールシートのはしっこに、並んで座っている。二人の間に、名刺がある。たった一枚の、けれどなんの力もない、弱い手札のように。どのみちそれは、見られることもない。

「平たい原、平原《へいげん》って書いて、太平洋の洋に、司る。なんか、間抜けだよね、土地のサンプルみたいな名前だよね。そのうえ洋《うみ》を司るなんて、おこがましいもいいとこだ。今だったら絶対つけないね。間抜けって言えばさ、こんなとこで新聞社の名刺出すってのも、かなり間抜けだね、ってか、暴力的？　傷ついた人に、今のお気持ちをなんて、僕だったらそんなこと訊きに来た人間、信用しない。君くらいの頃は、特にそうだったよ。いい人ヅラすんなよって思った」

救援に来たのでもないのに、傷ついた人たちを調べて、良心の代表のような顔をする奴ら。好きになれるわけがない。

冷えた床と、灯油と雪と薬くささが混じった匂いの避難所。顔ばかりが妙に熱い。昔ながらの丸ストーブが燃えている。漁協、と書いてある。お約束のように薬缶が置かれて水蒸気を吐いている。雲母の窓の中の炎を僕は見ていた。

「思ったんだけどさ。大事に抱えてるそれ、ギターだよね？　エレクトリック・ギター。大事にするの、わかるよ。わかるなんて言葉は、軽々しく使いたくないけど、ギターを抱く気持ちだけは、わかる。僕もそうだったから。エレクトリック・ギターを持ってたんだ、ってか今も持っててすごく大事な、僕の一部だ。十代のころ、抱いて寝てた。親より友達より、近くにいたかもしれない、なんだろうな、お守りみたいでもあったよ。魔除《まよ》けだし、僕を今いるところから連れ出してくれるもの。ひとことで言えば、神だ。神は、大人や先生たちが言うようなものじゃなく、それだった。何を間違えたかね、遠い町の寄宿舎のある中学に入っちゃったんだ。カトリック系の学校で、神と悪魔の話とか聞かされるの。正直、怖くてね。僕は宵っ張りの子どもだったのに、寄宿舎では十一時には棟全体の明かりが落とされる。建物ごと、とっぷり海の底に沈むみたいだった。あ、そんなこと今言ったらいけないのかな、不謹慎と言われるのかな、海の底に本当に沈んだこともないのにね、でも、実感だったんだ。四人部屋で窓際のベッドだったから、カーテンから首を出す。田舎の風景だよ。街灯はほとんどない。外も海の底で、本当に空気というよりは水やゼリーのような質感。密度の濃い闇だよ。怖いんだけど、月夜はうつくしかった。たまに見事に満ちた月が上がっていると、カーテンの隙間からの月明かりだけで部屋が仄明るいんだ。月の光って青いって、本当なんだって初めて思った。見上げる月はさえざえと白くて、まるで何かの卵が浮いてるみたい。あるいは、本当はあべこべで、向こうに光の世界があって、夜のドームが丸くくりぬかれてそれが見えてるのかもしれない。たまに、悪魔の話を思い出す。悪魔は、ささやいてくるという。僕の心の隙間に。僕の肉体のどこかに。でも、このギターがあれば大丈夫って、僕はギターを抱きしめてた。この硬い物質があって、これはまだ誰も知らないような音を秘めている。それを鳴らせたなら、どんな闇も悪魔も追い払えるって、信じてた。僕にはギターが、神より救いだったの。音なんてちゃんと出せるその前に、この硬い、物質が」

ギターの話をしたとき、目と筋肉の反応が相手にあった。話は聞こえて、わかっているのだと思った。ただ、なんらかの事情で、話さないか、話せない。あれほどのことがあった直後では、無理もない。中1くらいだろうか。小柄だが、小学生ではない気がした。むずかしさの入り口にさしかかった、そんな匂いがした。性別はどちらともとれるが、女の子だろう。正直言うと、どちらでもない野生動物というのがいちばんぴったりした。かわいいとかかわいくないとか、そういうことは不思議と何も思わない。ただ、抑えこまれた自由みたいな感じがした。声にならない叫びを全身から発しているような。

ここまで言うと、僕に言うことはなくなった。避難所のすみっこに、エレクトリック・ギターを白い布でミイラのように包んで、しっかり抱いて眠る子がいて、気になった。僕にあったのは、それだけだった。他にどんな動機も高尚な善意も、ありはしない。

不思議な図だった。

配給品とわかる、ぶかぶかの薄汚れた白いロングダウンを、フードまですっぽりかぶって、その子は丸くなって、まるでその身でかばうようにギターを抱いていた。エレクトリック・ギターは、一緒に寝ようとすると、ずいぶん大きい。丸まって眠る人と同じくらいの丈があり、それ自身、人みたいだ。ご丁寧に人体になぞらえたパーツ名だってついてる。頭《ヘッド》、首《ネック》、胴体《ボディ》、ものによっては腕《アーム》まで。

その子はギターを守り、同時に、ギターにしがみついていた。存在をかけてそうしている、僕はそう感じた。十代とはいえ子どもだ。子どもが、なぜ一人で、ギターとそこにいるのかわからなかった。さらに頭のそばに、片方だけの赤いハイヒールがあった。かたちはきれいだがずいぶんいたんだハイヒールだ。興味深すぎる。ギターとハイヒールだけがその子の家族のようにも見えた。ギターは、その子の親のようであり、赤子のようでもあり、赤子とするなら、まだへその緒をひきずっている、そんな生々しさがあった。プラグジャックに、シールドケーブルをつけたままだったのだ。ギター弾きなら、そんなことはしない気がする。ギター弾きでないとするなら、にもかかわらず、まるで自分の命であるかのようにそのギターを大事にしているのはどんな事情だろうか。僕の中で謎が広がった。

他の被災者の話を聞きながら、目で追っていた。どこか痛々しく、どこか神々しいその姿を。取材に応じてくれた被災者の六十代の夫婦は、優しい人たちだったしこちらが配給のパンをすすめられたりして恐縮した、東北の人の底知れない深い優しさを感じたりもした、が、僕はギターと眠る子から目が離せなかった。こんなふうに僕はでたらめなやつだし、善意というものが今、この空間で湧き上がってこない、なぜか不思議なほどに。

〝君とギターの図が気になったんだ〟と、要するにそういう意味のことを言うだけ言ったら、空っぽになった僕は丸ストーブを見ていた。炎を見ていると、少し元気にもなり、落ち着きもした。

つんつんと脇腹をつつかれた。見ると、ギターのヘッドだった。僕の膝の上に、ネックがわたっていた。

「見せてくれるの⁉」

その子は、前をみたまますなずいた。

「失礼します」

思わず頭を下げた。その布を解くのはどきどきした。まず、ヘッドが出て来た。

「テ、テレキャスター⁉」

思わず、素《す》っ頓狂《とんきょう》な声を出してしまった。何人かの人がこっちを見たほどだ。こんなとき声の音量を抑える習性くらいはあったので、これくらいの声が目立ってしまう空間というのは、かなり気詰まりなものではあった。

「いや、僕、これの型違いを持っててさ。それが僕にとって、いちばん大事なギターで！」

汗とともに言い訳のように僕は言い、モデル名だの型違いだのを説明するのがひどくむずかしいことを知った。

「これの正式名称は、テレキャスター。フェンダーっていうアメリカのギターメイカーがあります、アメリカのレオ・フェンダーさんっていう人がつくりました。そのフェンダー社がつくったエレクトリック・ギターのひとつが、こいつ、テレキャスター。テレキャスターは、フェンダー社のギターにいろいろあるギターの、ひとつのモデル名。他の有名なモデルって言ったら、ストラトキャスターとかね。で、テレキャスターには、タイプが二つあるの。君が持ってるタイプと、もうひとつは、僕が持ってるタイプ……なんか、説明むずかしいな」

僕は荷物からノートとペンケースを出して、

《TELECASTER《テレキャスター》》

そう書き付けて、隣にその絵を簡単な線で描く。丸みのあるボディ、そこにあるくびれ、ちょうど女のウエストみたいだな。ボディ上部、向かって右側は、一度深く切れ込んで、それから突き出すカッタウェイと言われるデザイン。ギターメイカーはここに意匠をこらす。まるで湾と半島みたいなライン。あるいは複雑な海岸線の拡大図みたいな。

「ギターのボディって、描いてみると、地図のようでもあるね。知らない大陸、半島、あるいは島？　いや、大陸とは島が大きいだけなのかな。ふだんそんなこと考えたことないね。だとすると、そこからのびるネックは橋のようだね。先端のヘッドは、沖合のメガフロートってことにしようか。はい、橋に六本、弦を通しましょー。まるで絵描き歌だね僕がやってんの。弦って、滑走路みたいだね。弦を張るのは糸巻きを六つ、ヘッドにつけてーテレキャスターのー、できあがりー」

まぬけな絵描き歌だったが、我ながらいい出来栄えのテレキャスターが描けた。

僕はふと思いついて、それを裏返しにした図も隣に描く。ボディとネックのところに、ふたつのパートは、ねじ止めされている。フェンダーのギターの歴史的意義は、実にこのねじ止めなのだ。

「フェンダー社はギター界に画期的なことをしたんだ。ボディとネックをねじで止めた。工業製品のように。あるいは、工業製品にふさわしく」

もう、相手が聞いていようがいまいがかまわなかった。エレクトリック・ギターを初めて手にしたときのうれしさが僕に蘇って、忘れていたような話を僕は始める。それは僕にとっては、世界史だ。

「どういうことかっていうと、それまでのギターは、手工芸品だったの。ヴァイオリンと同列だったのかな。手でひとつひとつ職人がつくり、個体差もあった。

ボディとネックをつなぐのはむずかしい技術だった。この部分を、そうだボルトで止めちゃえば簡単じゃん、って思った人意外といないんだ。量産したって意味ではフェンダーさんが最初かも。

ギターを電気楽器にしたとき、フェンダーさんは、まるで自動車みたいな作り方をしたんだ。ほら、機械はなんだって、ねじ止めでしょ？ フェンダーさんはもともとギター職人ではなかったから、当時のギターの作り方から自由だったのかもしれない。結果、フェンダーのギターは量産されて、電気音楽、つまりはロックの世界的な普及に一役買った。アメリカ生まれのロックンロールは、エネルギーと電気と電気の乗り物、それにレコードという手軽な録音媒体に乗って、世界を席巻した！ 僕らみたいな極東の島の人間が、ロックに夢中になれたのも、こういう人の恩恵かもしれない」

苦い思いもやってくる。電気や放送網や交通網が広がっていくのに素直にワクワク夢中になれた、そんな時代の産物なのだろう、エレクトリック・ギターというのは。僕らはユートピアになるはずのその社会がディストピアになってしまったのも見てきた。現に今こ、こ、でまさに、体験している。

電気。今は憂鬱な響きだ。原子力発電所が大事故を起こした今では。

いや、憂鬱と、言わなきゃいけない、はずの。

と僕の頭が言う。でも僕は、今初めて、電気に、物理的に触れたような感じがした。電気ってやつにシビれた、エレクトリック・ギターを持ったときの高揚が、くっきり体に呼び返される。

ノートにレオ・フェンダーという人名を書き、加えて適当な白人のおっさんのスマイル顔をでっちあげた。レオ・フェンダーさんの顔は想像だがロデオでもしそうな愉快なおっさんになった。テレキャスターの絵の右隣にもう一つギターを描き、最初のの横にソリッド、二番めのにセミホロウと書いた。

「テレキャスター家にはきょうだいがいる。はじめに描いたのがソリッドタイプね。はじめに生まれた。次に生まれたのが、君が持ってる、今ここにある、これ。ちょっと女性的なデザインなので妹、って感じだな」

僕はそこにあるギターを、かたちを真似て線で描いた。若干《じゃっかん》ボディが大きい。ただ、かたちの特徴はほとんど変わらない。丸みのあるボディにウエストのくびれに、カッタウェイと言われるボディ上部のデザイン。

「このｆホールというやつが外見上の大きな違い。ヴァイオリンとかにあるやつだけど、知ってるかな。これは名前の通り、穴なんだ。ここから、中が空洞なのが見えるよね？だから、このギターも、水が入ったね。海水の匂いがする」

それは、どこを通ってここにあるギターなのか、中が濡れているのがｆホールから見て取れ、じっさい、海の匂いがした。ｆホールから、ボディの裏の木が濡れているのがわかる。ｆホールから入ってしまって出てこない異物の音もする。ただ、僕が外で嗅いだような、潮と有機物とケミカルが入り混じった重い臭いのようなものではなく、純粋な海の匂い、今の海でもない、どこかなつかしいような匂いがした。

「これはセミホロウ構造。空洞がある。とはいえ、中全部が空洞じゃない。だからセミ、ホロウ。半分空洞、って意味。軽量化したかったからとか、アコースティックとの中間的な音を出したかったとか、わけは諸説ある。でも僕が思うのは、ただ、こういうかたちがきれいだと思ったんじゃないかなあってこと。今、こいつを見てるとね。あのさあ、このレオ・フェンダーさんって人は、もともとは、機械畑の人なんだよね、もともとはラジオを作ってた人なの。それで、エレクトリック・ギターを、ギターの声をマイクで拾って放送《ブロードキャスト》するものって考えたのかもね。そっち側からの発想なのかもね。キャストって面白い言葉だね。撒《ま》くって意味の動詞だし、名詞になると、『演じる人』や『役』。とにかくフェンダー社のギターが工業製品のベースで量産されたおかげで、黒人が、もともとは、奴隷時代に労働の中で歌っていたような歌が、世界のポップミュージックのベースになったんだ。それまで、ポップミュージックというものはなかったんだしね」

圧力を感じて横を見ると、その子が燃えるような目で僕を見ていた。目が大きくて、なんというか変わった目だった。僕は、理由もわからないまま、たぶんにらまれながら、不思議な目や雰囲気だと思うばかりだった。肌色もどこか不思議で、見たことがないタイプの浅黒さとすべすべした感じ。

その子の中で何かが爆発しそうなのを僕は見た。次の瞬間には僕は手に思いきり嚙みつかれていた。声を上げる暇もない。驚きは、その行為そのものというより、速さだった。一瞬一瞬が、連続でなく独立して存在しているような。僕は反射的に謝ろうとする、何か気に障《さわ》ったのならごめんと、でもそう言うより先に、その子は僕のペンケースの中からマーカーをつかみ出して、紙に塗り始めた。

描いたものたちが、塗りつぶされてゆく。

僕は見ている。なんだか痛快でもある。気持ちを押し殺したようなこの場所で、絵も字も、猛烈に黒く塗りつぶしてゆくこの子が。

もっとやれー、という感じで、電気のつながらない弦をつまびき、でたらめなメロディで伴奏しはじめる。アメリカのコメディなんかで、パーティ会場で喧嘩が始まると、楽団がそれを乗せる音楽を奏ではじめる、あんなノリで。

聞いたこともないような、細くて高い声。それと、歯をカチカチ噛み合わせる音と。大きくはないが切実な音。

イルカみたいだ。僕は思った。

ここに電気があればいいと僕は願った。

それはエレクトリック・ギターの超高音域の音にも似ていたから。

電気がほしかった。自分たちが使える、自分たちのための、電気が。何アンペアかの、わずかな電気だが、ここで最も言い出しにくいことのひとつ。まして、ギターのために、電気をくださいだなんて。

でもそうしたら、イルカそっくりの声だって出してやれるのに。

エレクトリック・ギターは、電気を使うマシンエイジの申し子だ。でも、その声は驚くほど、人や動物のなく声に似ていることがある。アコースティック・ギターにあの音色は出せない。

空洞部分のあるこのギターは、ボディ内部の共鳴があるので普通のエレクトリック・ギターよりは、生音《なまおと》が鳴る。僕は可能な限りの高い音を出してみる、ベース音を出してみる、弦を指で弾《はじ》く、弦をこする。細い奇声にギターで追随してやる。ボディの空洞部分をノックする。

その子は床をこぶしで叩いて頭を振り、立ち上がった。

そして、人間とは思えないほど甲高《かんだか》い音をきれぎれに発した。そして歯をカチカチ鳴らす。すると、あたりの子どもたちが、わーっと叫びだした。真似をしだして、体育館はちょっとした狂騒のるつぼになった。

床に残された絵には、黒く塗りつぶされたあとに、あのギターのfホールだけ、穴の中の光景のように残されていた。

制止が、もちろん入った。

「記者さん、あんた、女の子といちゃつきに来たのかい？　私はここの世話役だが、和を乱すのは困る」

朴訥《ぼくとつ》だが硬い、少し訛りのある言葉で男性が言う。

「私は、この子の話を聞いていただけです」

「しゃーべりゃしねぇよその子は」

「しゃべりますよ。ちゃんと、時がきたら話します。いや、今だって話してる。言語がちがうだけです」

「言語がちがうだけ？　言ってることがわかんねえ。俺は日本語を話してくれりゃいいって言ってるだけだ。ここは見ての通りの避難所だから、歌だの大声だのは、困るんだ、静かにしてもらわねえと」

「避難所だからこそ、歌ったりしたいんじゃないですか？」

声を合わせて歌いたいというより、一人一人、叫びたいんじゃないのか。

僕の中から、なぜか、反抗心がむくむくと出て来た。向こうは傷ついた人だ、その人たちと対抗したりするんじゃない、と理性は止める。が、何かが湧き上がってくる。

あなたは叫びだしたくはないんですか？　こんな問いが湧いてきて抑える。叫んだほうが自然だ、奪っちゃいけない。誰も、誰も。人は歌ったり踊ったりする生き物なんだ。地の果てでも。

「この非常時に！」

相手が声を荒らげる。

「非常時だからこそ！」

僕は言って不意に、泣きそうになってこらえた。「すみません」。奪われ尽くした土地を見てもなんの気持ちも湧いてこなかったのに。義憤から東京電力の無責任体質を問うたりする記事も、書く気にならなかったのに。

"FUTABA"

そのとき不機嫌そうに、だるそうに、その子が言った。世話役と僕と、二人で一瞬、口論も忘れて虚をつかれて見てしまった。

"Name is FUTABA"

続いて英語の三語が発されたとき、僕は内心、快哉を叫んだ、日本語を話せと言われて英語で返すとは、いいぞ！　やるな！　ティーンの反抗はこうじゃなくっちゃ!!　しかし次の瞬間、気づいた、英語しか出てこないのかもしれない。そういう子なのかもしれないと。

とっさに、僕はこう返した、

"So you ARE Futaba"

僕の言葉は続かない。ふたば、あなたは地震と津波のとき、どこにいましたか？　そんなバカみたいな定型質問しか出てこなくて、それさえも、英語ではうまく言えなくて、僕はこう訊いてしまった。どこから来たの？　と。これが本質的な質問だったとは知らなかった。

"Where are you from, Futaba?"

"Futaba"

「ん?」

「フクシマ」

ふたばは、言い捨てる口調で言った。まるで物分かりの悪い僕にあきれるようでもあり、何かをあきらめるようでもある。フクシマの発音は日本語的だった。そして、名前を言われているのではないとわかった。そのとき、ぞっとした。

「……福島県、双葉《ふたば》町《まち》?」

原発事故で、避難指示が出ている地域。

「この子は福島県双葉町から来たそうです」

世話役に、僕は言った。その地名は、人を黙らせるには、うってつけだった。

「まあ、その子に、和を乱さないよう協力してくれと言っといてくれ。あんたも早く帰ったほうがいい」

万事、潮時だった。僕はふたばにお礼を言って立ち上がる。すると、上着のすそを引っ張られた。

ふたばが、ギターを僕に押し付けるようにして、言った、

「ふ　ね」

ふたつの音が並ぶ。それが日本語だとわかると、僕は虚をつかれてしまう。でもそれは、船が、現前しそうなほど、ありありとした言葉だった。

「ふね？」

「うん、ふね」

ふたばは真上を指で指した。僕は思わず上を見る。体育館の天井があるばかりだ。

「そんなとこに船がいたら、ＵＦＯだ」

僕は笑う。

ふたばは笑わない。


やむなく出る、電気を求めるはぐれ者の旅。

「やってみるか」

僕は言い、心当たりに携帯で電話した。電波はひどく通じにくかった。じかに行くしかない。昔はこうだったのかもしれない。僕はあきらめて立ち上がり、ふたばも立ち上がった。

でも本当の問題は、ギターの電気系統が生きているかってことだった。

それが、電気を見つけられるかより、アンプを見つけられるかより、大問題だった。生きていてくれと、まるで人の安全を祈るように、僕は願わずにいられなかった。それでも、僕らにできるのは、さしあたって、電気を求めることだけだった。

当たり前すぎて忘れているが、電気は、それを受ける器があって初めて電気と認識できる。僕たちは電気を変換したものの恩恵を受けているだけだ。それは熱だったり、光だったり、あるいはそう、音だったり。電気そのものを、観た人も触った人もいない。そして僕らが使わなくても、電気は宇宙に遍在している。遍在しているのに、僕らはいつも電気やエネルギーの不足に悩んでいる。発電所の事故があってもなくても、エネルギーはいつも不足している。そう言われてきた。それで世界中に、戦争が起きるくらいに。

電気の配線というのは、水没すると、おおかたは死ぬ。原子力発電所の事故が起きたのだって、炉そのものへの打撃ではなく、それを安全管理する電気の電源が、水に濡れて落ちただけのことだ。この文明が脆いのは、電気を介在させずに動くものがほとんどないからだ、なんて言いたくなる。すべての文明は水のそばに生まれた。なのに、現代文明は、こんなにも水に弱い。

ギターはシンプルに出来ていて、回路を取り替えさえすればまた電気の器となれるだろう。でも僕は、今、このギターの電気系統に生きていてほしいという願いを持った。今ここに、嘆く人がいるなら、その人のために歌う、それがギターという、人と長い時間を共にしてきた楽器の存在理由のように、僕には思えたのだ。不思議なほどに強い気持ち、それが一本のギターと、赤の他人のためであるのが、やはり不思議に思えた。

避難所の外にでるのに、ふたばはスニーカーをはいて、片手にあのハイヒールを持つ。ギターは、昔の人が赤ん坊を背負うように、包んでいた布で背中に縛り付けた。昔、と言ってもせいぜい今から百年くらいの昔、こういう子どもをテレビや教科書で見たことがある。貧しい農村で、赤ん坊の子守をする子ども。それは、それこそこういう東北の土地の写真ではなかったろうか。貧しい村で、小さな子どもがさらに小さな子どもの子守をする図。学校にも行けない子どもたち。日本が戦争に向かう頃の写真だったと思う。そこには決まって「東北の寒村で」みたいな説明がついていたように記憶する。東北には、歴史的にどこか貧しさのイメージがつきまとう。なぜなのか。気候のせいだけではない気がする。

「それ、置いてけば?」

僕は言った。片方だけの汚れたハイヒールを、ふつう誰も盗まない。ふたばは、もげそうなほど強硬に首を横に振った。

「そのハイヒール、大事なんだね」

「おかあさん」

「おかあさんのか」

形見なのか？　と訊きそうになるが、訊けない。喉が詰まる。

「ううん、おかあさん」

ふたばはこともなげに言う。

「大事なんだね」

そうとしか返しようがない。

「たすけてくれた」

「靴が？」

靴からふたばのところへやってきて、それでふたばの命が助かった、そういうことだろうと欠落を補充して理解してみる。瓦礫《がれき》の散乱した地面を歩くのに、靴のあるなしは死活問題。だが、こんな歩きにくそうな靴で、しかも片方で。まあ、ないよりましかも。

「それってどういうシチュエーションで？」

「くうき、たべさせてくれた」

もともと日本語が少し不自由なのか、それとも、失った言葉の戻りかけでたどたどしくしか出てこないのか、ふたばの言葉は、どこかずれて、欠けて、どこか不思議で、謎掛けのようにも聞こえた。

空気を食べると命が助かる。

「それって……水の中で？」

「うん」

「呑まれたの？　津波に？」

「うん」

ふたばは平板に言った。

僕は初めて、しんそこぞっとした。

それは、舟が頭上にいるはずだ。

今僕たちの前に広がる地、ここが、二週間前には「海の底」だった。地球上には太古の昔は海だったという土地がたくさんあるが、そういうのとはちがう意味で、リアルに海の底になったことがある土地。つい十数日前の歴史。潮の跡。潮の匂い。潮が広げた有機物の、ケミカルの、匂いや粉塵。頭まで波に呑まれて窓ガラスが一枚残らず持ち去られた、三階建ての学校。窓枠の中でズタズタに裂かれた黒い布が揺れる。隣にいる人と生きて巡りあった不思議。たとえば流されながらあんな建物にぶつかったら、命を落としていたかもしれない。

「あのさあ」

「ん？」

「いやなんでもない」

僕は、学校の教室とかにあったあの黒い布の名前はなんだったろうと、変なことが気になったのだ。ふと我に返ると、そんな場所を二人で歩いている僕達も、へんな取り合わせで、こんなときに変な目的のためにひたすら、地を這う虫のように歩いていた。背の高い男と小柄な少女が。エレクトリック・ギターとハイヒールをどんなことがあっても手放さず、たった数アンペアの、自由にできる電気とアンプリファイアを求めて歩いている。

「それからね」

ふたばが言う。

「うん」

「ここに入ってね」

ふたばが指したのは、ハイヒールのつま先の部分だった。

「どうやって⁉」

僕は素朴に驚いてしまう。

「こう」

ふたばがしてみせたのは、さっき避難所でしていたような、全身を丸めるポーズだった。

靴に入る。人が。

それはつま先の底が厚くなったタイプのハイヒールで、ヒールは高くて細いのに、つま先部分の傾斜は平らになっていた。プラットフォーム型、と元妻が言った記憶がある。そこが、傾斜とは切り離された空間になっている。プラットフォーム。たしかに、小人だったら避難所にできそうだ。


ぽつぽつと出てくる話を聞きながら、歩いていた。

松の林はなぎ倒されて、ぺしゃんこに寝ている。家々は、枠だけになって、たまにバスタブとかが、座礁した船のように、場違いな場所に半分土砂に埋まって在る。ここに生活していた人たちは、今、視界のどこにもいない。避難したのか、あるいは大きな波に連れ去られたのか。

十数日前には海の底だった場所を、今二人は歩いている。そしてここが海なら人が靴を船にする。それじゃ一寸法師だ。

海の泡から生まれた姫は、なんだっけ？　と思った。人魚姫。と答えがよぎるが、正確ではない。人魚姫は、泡になって死ぬほうであって、泡から生まれはしない。

それにふたばの口から出てくる話はほとんど、子どものおしゃべりだった。ごっこ遊びだった。僕の娘が、二歳ころだったか、口をきけるようになったのが面白くてしょうがないころ、大人にしてみれば荒唐無稽なそんな話を、よくした。娘の話は、そのへんで僕には止まっている。今では遠い九州に母親と祖父母といる。ゆえに、東北や関東で地震があってもかえって安心なくらいだったし、非常時に家族の絆を感じて妻と復縁したい、なんて気持ちも、僕には湧いてこなかった。そんな自分が自分で嫌いだ。

「ねえ、福島の子が、なぜここに？」

いやなぜでも、いいんだけど。間がもたないから、そう訊いた。

「おじいちゃん」

「そうか。えっと、お母さんは」

「離婚する」

離婚する。ってことは、

「無事なんだ」

よかった。

モザイクのような会話。

なぜかとつぜん思い出す、元妻や娘のことじゃない、学校の教室の窓にあった黒くて重い布のこと。あれは暗幕と言った。そんなことがなぜかフラッシュバックのように。たまに教室を暗くして何かを見る授業ってあったとか、そんなとき好きな子が近くにいるとドキドキしたことなどを。この子にもそんな記憶があるだろうか、と思う。訊いてみたくもなる。バリバリそんな年頃だよな。でも訊けない。喉が干上がっている。陽が無惨なほど明るい。身体に悪そうな重い匂いのする大地。そのほこりが漂う大気。見知らぬ大地。光と風景はどこまでも抜けている。

ふたばがぽつっと言った。

「お父さん、『故郷へ帰る』って。事故あって」

「事故？」

「げんぱつ」

「ああ、原発の。もちろん原発の。それでどこへ？」

ひどいことをする、と言いそうになって抑える。自分だって同じようなものだと思った。僕の娘にしたら、母親と自分とを置いていってしまった。理由はそれぞれにいろいろなのだが、全部、子どもには関係ない。

「アフリカ」

「アフリカに？」

強い風が吹く。ほこりが舞う。思わず咳き込む。

「マスク持ってくればよかったね。えと、お父さんアフリカの人？」

僕は言う。

「アメリカのひと」

ふたばは言う。

「アメリカ？」

「アメリカ人だと思ってた、ってお母さんは怒りだして」

僕は社の車を目指すが、めまいがするほど遠く思える。ランドマークが消えた土地。むき出しの。無線で文化部の記者と連絡がとれたら、地元の演劇や音楽の集団を知っていると思った。彼らなら、このギターをつなげるアンプをきっと持っている。でも方向感覚が狂う。天にはむきだしの太陽。地には逃れられない自分の影。

「え、どっち？　アメリカ人？　アフリカ人？」

「アメリカ人」

「ああ、アフリカ系アメリカ人！」

「なにそれ？」

「いやなんでもない」

説明したところで意味がないと思った。おそらくはそうなのだろう。父親自身が移民なのか、移民の何代目か。それでふたばの肌色の謎も解けた気がする。父親自身がいくつかの混血なのか、不思議できれいなブレンドの色だ。自然のパレットは面白いことをする。髪も、ちりちりした細かいカールではなくゆるく波打つ質だったし、目も切れ長な印象があった。

「だまされたって」

「お母さんが？」

「ううん、お父さんが」

「お父さんが？　なにに？」

「ここはみんなが平等なんだと思った。He thought everyone is equal here, but he said he was a slave again.」

けど、ここでも自分は奴隷だった、と。

かつての、〝奴隷の音楽〟、そのルーツであるアフリカの大地を源に持つ誇り高き人たち。それが、今も世界のどこでも奴隷にされるというのか。

僕はため息をつき、彼の黒い肌と瞳を思った。

「アフリカにはよく帰るの、お父さん？」

「ネヴァー」

もう一つため息を、思わずついた。何が彼に火をつけたかはわからないが、今からいきなりルーツ帰りをしようという人の苦労は、目に見えた。

「なんでお前らは逃げないんだ？　って」

「何から？」

「ほーしゃのう」

「双葉町……だもんな」

たしか、避難指示の出た土地の割合が、いちばん大きい町村のはずだ。外国人のほうが、概して、放射線には敏感で、すぐに、離れた土地や海外に散っていった。たしかに放射線の害に対しては、距離にまさる救済《キュア》はない。日本人のほうが、なぜか鈍感で、それが世界で唯一、原爆を落とされた国だからとは、思いたくない。お父さんは原発に関係した仕事をしていたのだろうか。でもそれ以上言葉にならなかった。

「うん、それが自由の響きだったから、私が、ふたば」

「それが君の名前の由来？」

双葉町が。

「うん……」

「いい名前だ。うつくしい」

……人の集落から離れた場所に、テントがあった。テントの中に入ると、暗がりの中、ぎょっとするほどどらんらんとした目がこちらを見ている。よく見ると人形だった。さらによく見ると、生身の役者もいる。人と人形が入り混じって芝居をしている、不思議な劇だった。観客は主に子どもで、雑然と座って観ている。文化部の同僚に教わった演劇集団。たかがギターのために電気を貸してくれそうなのは、そんな連中しかいない。

しばらくすると若い男二人が、外の小さなトレイラーに僕を案内した。コンテナーの中に簡単な住空間がある。マーシャルのアンプもある。二人は掛け合いのようにギターをためつすがめつして、あーいいギターですねー、あー電気系統いっちゃってますかねー、などと、互いに独り言のように言った。エレクトリック・ギターは、水没級に濡れると、ピックアップと呼ばれる部分がやられる。ピックアップとは、ボディや弦の振動を拾い上げ《ピックアップ》、電気信号に変換する装置で、その信号が増幅器《アンプリファイア》に送られて、電気楽器の音が鳴る。

「だめかな……」

「直りますよ」

二人の若い男は鏡像のように左右対称な動きで顔を上げてにっこりし、同じときに同じことを言った。双子だった。興味深い風景だった。まるでさっき見た劇の人形みたい。僕は、そのとき初めて、ふたばが笑うのを見た。

戸外で、ギターの準備をする。天気が不安定で、先ほどの太陽は隠れて小雪がちらつく。発電機が始動して煙を吐く。


不思議だ。発電機はモーターと同じ構造で、電気を使うものとつくるものが、なぜ同じなのか。電気自体は、簡単な仕組みでできる。まるで地球という惑星の構造を模したような磁石とコイル。電気のつくり方なんかは、結局自然の真似をしたにすぎない。そしたら電気なんて、無尽蔵にもできそうなものだが。そして大規模な発電のしくみは、方式はどうあれ結局、タービンをどう回すかという問題に集約され、タービンを回すための方法として今のところ、お湯を沸かす以外のことは考えつかれていない。僕らはいまだに蒸気機関の世に生きている。原子力発電所だって、核分裂の熱エネルギーを利用してお湯を沸かしてる。なんとなく、涙がでるね。


復活してストラップもついたギターをふたばの首にかけてやった。

発電機とアンプリファイアをつなぐ。ギター本体に刺さりっぱなしだったシールドケーブルは、生きているのを確認済みだ。

「このケーブルは、君がアンプに差し込んで。君のギターだ。君のギターに血が通う」

そんな文学っぽいことを自分が言うとは思わなくて、僕は鼻白む。

一瞬、指先が触れて、次の瞬間。

電気が入った。

一瞬、すべての動きを奪われて、僕はそこに立ち尽くす。動けなくて、中身だけが異常に興奮する。何が起きたのか？　電気が入っただけだ。機械に血が通い、場に血が通い、二人の人間の間に何かが流れる。ざり、といい、甘くきゅるっという。指が弦に触れるだけの行為が、そんな音に変換されるのは不思議で感嘆すべきことだ。エレクトリック・ギターを初めて触ったときの驚きを思い出す。

「ヨウジさんも弾いたらどうですか？」

双子のどちらかが、ギターを貸してくれる。

「電気の切り替えはね」

説明しながら自分も音をだす。

音はむくむくと起きだして、かたちをとる。手元でつくられた音が、増幅されて、手に負えない荒ぶる神のようになって、天に昇る。しかしその手に負えなさこそが、快感なのだ。制御できない古《いにしえ》の巨神。それは我らのしもべなのか、それとも我らこそそのしもべなのか。劇団の男たちが、何人か自分のギターを手にして、我も我もとプラグをジャックにつなぐ。音が合わさるにつれ、ギター同士のハウリングも手伝って、音はいよいよ意図したものとはかけ離れ始める。でもそれが楽しくて笑い転げる。立ち上がっては崩れる巨神。ふたばも笑った。ふたばと、ただただ腹の底から笑った。しびれた。こんなときに快感を得る自分を、不謹慎なのかとも思ったが、快感は快感で、他のどんな言葉でも置き換えられない。そして言葉を超えている。あのとき、僕たちはたしかにひとつの世界を共有していた。

*

冷たいものが頬に落ちて、我に返る。

歩いているのは東京の街。

明るい曇天。空が割れる。とつじょ鐘の音が降るように、東京に天気雨。何かを乞うように、僕は手を伸ばす。

2 望郷

その話を聞いたのは、偶然だった。不思議な招待状を僕が受け取った、少し後《あと》だ。

「あたしは浪江《なみえ》でコクジンバーやってたのよ！」

浪江町と言えば双葉町の北隣だ。言ったのは、フィリピン人の、スナックのママ。さいたま市だった。記者の仕事である、警察関係の取材で来た町だった。中心部を離れると、平坦で似たような家の続く町だ。そうか、浪江町や双葉町の住民の大規模な避難先のひとつは、埼玉県だったりしたんだ。

「黒人バーって、ソウルとかR&Bとかかけるバーですか？」

こう訊いた僕に、ママは、ちんぷんかんぷん、という顔をした。

「コクジンわぁ、ロードー者」

「労働者？」

「ゲンパツのよー」

当然というふうに、ママは言う。

「福島第一原発の？」

「F1だたり、F2だたりぃ。割り振るマネジャーさんいる。あたしは英語がしゃべれるから、ガイジンの客も多くて、あたしの店で取引されたり。あ、マネジャーさんこれねー。でもいいヒトよ」

ママは頰に傷をつくるしぐさをする。

「ヤクザですか。浪江の、どのへんですか?」

「ちょうど双葉チョとの境。あたしは息子をスクールからお迎えしてー」

「学校から?」

「ちがうサカースクール。Jヴィレジ。サカーで初めてのナショナルトレーニングセンターよ」

サッカーを中心とした大型複合スポーツセンターか、Jヴィレッジ。

「Jヴィレッジは楢葉《ならは》町《まち》ですよね、ちょっと離れてないですか?」

「ロコクですぐよぉ」

ロコク? ああ、ロッコクか。地元の人たちは、海岸線に沿って走る国道6号をそう呼んだ。

彼女は頼まないのに小さな息子の写真までスマートフォンで何ショットも見せてくれる。Jヴィレッジ、その地のサッカー人口に対していかにも大きく見える。それがある楢葉町はむしろ福島第二原発のお膝元で、中央にひけをとらないスポーツ振興施設は、原発おしつけと抱き合わせの地域懐柔策に僕には思えた。だけどそんなこと言えやしない。言うべきでもない。

「店開けてー。通訳もしたりさ。コクジンにたまにごはん食べさせたりさ。ちゃんとしたもの、食べてないからね、コクジン」

「みんな黒人、えーと黒い人、なんですか?」

「ちーがうちがう。コクジンは、アダ名。ニクネーム」

総称、と言いたいのかもしれない。労働者の総称が、黒人。話が読めてきた。原発関係の、なんの保証もない日雇いベースの労働を、外国人がしている。彼らは日本語もほとんどか全然か、話せない。そのために、賃金の安い仕事になるが、その賃金の安い仕事は、かなりのコミュニケーションを要する仕事のはずだった。なにせ危険区域なのだ。それを、言葉がよく通じないかもしれない人たちがしている。

「お店は繁盛してましたか?」

「もちろんよー」

「浪江に帰りたいですか?」

「浪江のほうがお金は入った。ここは物価も高いしたいへん。スクール費も」

「スクール費?」

「サカーよ。埼玉スタジアムにあんの」

「ああ。あの……」

「なに？」

「コクジンの中に」

僕は何が訊きたいのだろう？

「コクジンの中に、何？」

双葉町で日本人と結婚して娘がいるような人はいますか？

いやそんなことを訊いて何になるだろう。そこには、あらゆる混血の子どもがいただろう。さっき写真で見せてもらったママ自身の子も、おそらくは日本人とフィリピン人の混血であるように。

質問はうやむやになる。

折しも、店のテレビで原発関係の特番をやっている。なんのリアリティもない。自衛隊がヘリコプターで上から水をかけて、焼け石に水と言われていたことなども、忘れていた。涙ぐましいほど哀れだが、他にどうできたのだろうか。

僕はポケットの中をまさぐる。半分のギターピックがそこにある。なぜだか、これが、これだけが自分をリアリティにつなぎとめるものな気がした。パーティの招待状の発送を、ふたばがしたという確証は持てなかった。けれど、このピックを半分にして封入する、それだけは、ふたばのしたことだという確信があった。プラスティックは、冷えてもすぐぬくもる。冷えても金属のようにしんと冷たくはならない。そこが少し人肌と似ている。人の造りし、土に返らぬ合成物質。その安い素材が、今は頼もしい。このかたちはそのまま残る。風雪のなか、時のなか。かつて奇跡の物質と呼ばれ、今ではやっかい者。このプラスティックが僕には自分の孤独のかたちに思えた。丸出しで、不自然で無遠慮で安っぽくて、でも人の体温をすぐに覚えて返してくれて、すぐさめまたすぐぬくもる。そのくせ失くしたら別のでもいい。あ、と、そのとき僕は思い直す。いや、これだけは。この半分に切られたかたちは、この世にふたつとない。いや、この世にふたつだけ、ある。ピックの断面は、生々しくて、

不意に風景がよみがえった。

あの波にさらわれた町の端。心はこのさいたまのベッドタウンを抜けてあの荒野を歩いている。なぜだかそこが、魂の帰っていく場所のようになつかしい。

あの日、すり鉢状の地形からなだらかな坂を上がって振り返ると、灰色の土砂に足跡が二人分、遠くから続いていた。自分のと、ふたばのと。海の砂と陸の土と何かが混じって、白っちゃけた粉塵が地を覆っている。天と地のほかは何もない砂漠さながらに。

「このころもう、メルトダウンしてるんだよな。それが発表されたのが二ヵ月後、って、ひでえよな」

店で記録映像を見ている男の言葉で我に返る。連れの女が返す、

「ねえ原発って、原爆みたいになることないの？　ドーンて。爆発したらどうするの？」

「そんときゃー、米軍が助けに来てくれるんじゃねーの？」

「自衛隊じゃなくて？」

「米軍だよ、決まってるだろ。自衛隊じゃ歯が立たない。見ただろ？　ノウハウがねえんだよ。原発はやっぱ原爆つくった国じゃなきゃー。原子炉の機械だってアメリカのなんだしさ」

「アメリカって原爆つくったの？」

「そうだよ」

「原子炉ってアメリカ製なの？　日立とかだと思ってた」

「バカだなジェネラル・モーターズだよ」

「それ自動車メーカーでは？」

「そっか？　わかんないけど日立とかは、自前で原発のノウハウ持ってるわけじゃ、ないんじゃね？　ライセンス契約とかじゃね？」

「ふーん」

「ね、そうだよねママ？」

男はとつぜん、店のママに話題を振る。

「フィリピンはねえ、米軍追い払たよ！」

ママは、どこをどう聞いたのか、即座に彼らにこう返し、胸を張る。そして向き直って僕にこう言う。

「あーでも、コクジンてのは、あれね？　いちばんヤバい仕事するヒトたち」

「いちばんヤバい仕事って？」

「いちばんヤバいのはー、プールに潜る」

「プール？」

「ねんりょープールよ？」

「嘘だぁ！」

「ワタシもよく知らない。でもすごいお金動くの、見たことあるよ。何百万とか」

3　深い森　深い海

九月の中秋の名月の日。それは、東北でもよく晴れて暑いくらいの日だった。

川沿いに丘を下る。土の盛り上がりに、曼珠沙華《まんじゆしやげ》が咲いている。葉がなく茎から直接紅い花を咲かせる曼珠沙華は、彼岸花という別名のとおり、本当に向こう岸の花に思える。

この道がこんなに混んでいることは歴史上あったのだろうかというほど混んでいた。人々の感じから、もしやと思って訊いてみると、みんなパーティの噂を聞いてやってきたのだった。野外フェスと思ってる人も、有名オーガナイザーのシークレット・レイヴだと思ってる人もいた。鎮守の森の祭りだと思っている人がいて、漁師町の祭りだと思っている人がいた。極右も左翼も平和団体も動物保護や環境保護団体もいた。そして、そのときまで、パーティはただ、噂にしかすぎなかった。

あっちでやってるらしいよ、いや向こうの浜だよ、などなど。車の窓を開けて、腕を突き出し身を乗り出し、他人と談笑するなど、一体どれくらいぶりのことだろう。車は密室であることをやめて外と同じ空気になる。潮の匂いがする。あの日嗅いだような、身体に悪そうな重い匂いは消えている。地球が満ちている。ふとそう思う。

ヒッチハイカーのようなボードを胸に歩く若者がいる。ボードの文句を見ると、「ラジオをつけろ」。トンネルの入り口とかにある標識みたいなやつ。電波マークと、ＦＭの周波数が書いてある。

僕はラジオをつける。

「………次の集合時間と場所を間違えないでね。私は、このパーティのオーガナイザー、DJテレキャスター」

「ふたば!?」

僕は思わず、ラジオに向かって言う。アナウンスはすぐ消える。

「ラジオつけて!」

と僕は叫ぶ。あちらこちらで、そんな叫び。そして周波数の数字。それが波のように、目に見えて伝播《でんぱ》してゆく。

それから移動が始まる。どうやらパーティはFM波で誘導される。

誘導は局のジングルのようなもので、終わるとちょっと古風なラジオ番組のように、他のDJがしゃべり、曲をかける。そこにも暗号めいたものが仕込まれていないかと耳をそばだてる。ラジオをこんなに熱心に聴くなんて久しぶりだ。他愛もないジョークに一人で笑う。車や人たちは細い坂道を、ゆっくりゆっくり下ってゆく。

いろんな集団がいる。僕は、気づいていなそうな人たちにそれを伝える。また伝言ゲームの波が伝わる。そこここでラジオがつく。明かりが点《とも》るように。ひとつのことを話す。みなでひとつのことを聴く。不思議だ。ラジオはひとつひとつが完全な受信をするはずだが、そこここの開け放たれた窓から流れる同じプログラムは、合わさって、立体的な情報として僕らに何かを伝えているように思う。僕らは小さなラジオを持ちながら、空気に溶けている情報の方を読みたいと聞き耳を立てる。こずえのざわめき、遠くで寄せては返す波の気配がそれを浸す。それを消し、それをもたらす。不思議な曲が流れている。細胞がざわつく。知っているような、思い出せないような。内にあるような、取り出せないような。

「私はＤＪテレキャスター、遠いところから来る」

ラジオからまた声が来る。あ、と思ったときには消えている。なぜだか泣きそうになる。もう一度名前を言ってくれ。そう願う僕に気を留めるはずもなく、だけどいつもより長く、ＤＪテレキャスターは話し続ける。不思議な声だ。遠くから来るような。ＤＪテレキャスター、君は誰だ。バックシートには僕のギター、テレキャスター。ＤＪが話すのはほとんど詩、ほとんど歌、たとえばこんな。

私は彗星
遠いところから来て
太陽に溶かされ水となり降る
ここは記憶の水の星

私たちは水の中の水
ということは　あなたの記憶はあなたのものだけじゃない
だからそんなにあなたのせいじゃない　苦しまないで
だけどね
その水に遠いむかしにあなたのものだった記憶がある
あなたが涙を流すのはそのため
水はすべての記憶を持つ
ふねがくる
あなたもよく知っているあの場所
約束のあの場所で逢いましょう
次の集合場所は……

場所を聞くやいなや、電気系統だけを残してエンジンを切っていた車たちがそこここで始動する。車たちが、そこここで、それぞれに、小さくぷるんとふるえる。眠りから覚めた動物が、小さくすくんでふるえるように。車や人の、移動が始まる。平地が開けて見えるあたりで、空気が変わる。

ここはこんなに開けた場だったろうか？　風景の壊れぐあいは相変わらずだった。初めてここを訪れた日に車の丈より高く積まれた瓦礫が今はない、しかし、それくらいが目に見えた差かもしれない。四年経ってこうだということは、復興支援とは一体何をすることかと思う。いや、それが何をしているかふだん本当の意味で気にもとめない僕もまた、同罪だ。

が、そこは復興が進んでいるとかいないとかでなく、何か、異質な感じがした。空気が通っている。そんな感じ。地獄のように青い空。風車のように並ぶ曼珠沙華。影さえ消え飛ぶような光のもと、ありとあらゆる人がいた。

右翼の街宣車がいる、アニキャラを描いたヴァンもいる。ヨサコイ祭りみたいなハッピを着た人たちが路肩にいる。夜神楽《よかぐら》がおこなわれると主張する人たち。金星のお祭りがあると言う人たち。あなたの罪のために死んだイエス・キリストが復活すると言う人たち。レイヴのＤＪは誰だと噂しあう人たち。どこにいたのかヒッピーたち。レイヴァーたち。

軍服を来た三人の老人たちが声をかけてくる。軍服は旧帝国陸軍のもので、本物に見える。階級章は、一人が少尉で、あとは士官以下ということだけ僕にはわかる。彼らは握り飯を配っている。

「ここから先は御神域《ごしんいき》である。心して進むように。一木一草、石ひとつ砂の一粒に至るまで、在るべきところに在る。みだりに手に取ったり動かしたりしてはいけない。みなが関わりあって生きておって、我らと関わりなく生きるものも何ひとつなく、彼らを害するは、我らを害すること」

握り飯はまだあたたかい。わずかな米と、細かなつぶつぶと、わずかな小豆。

「これ、雑穀ですか？」

訊いてみる。それが訊きたいというより、話がしたかったのだ。

「稗《ひえ》と粟《あわ》だ」

老人の一人が言う。少しくぐもった声の、語尾の上がる東北訛り。

「とうほぐは稗をつくっておればよかったんだ」

並んだもう一人が言う。

「そう、米《コメ》になど憧れなんだら、よかった」

「米に憧れた？」

僕は訊く。

「そう、日本は、米だ。米が日本のカネだし権力だった。わしらは米をつくらされたし、わしらも米に憧れ先祖からの稗の畑を捨てた。ケガチがきた」

そうか、米は、明治以前には通貨や禄の単位そのものでもあった。

「ケガチとは？」

「飢饉」

うっすらと記憶がよみがえる。東北で飢饉のために娘を売ったというような話。遠い昔の話ではないのだ。昭和の話だ。

「わしらが米に憧れなんだら、戦争にもならんかった」

老人の一人が肩をふるわせとつぜん泣き出す。

「な、なんで？」

「軍が、飢えのない平等な世の中をつくってくれると思ってしもうた。愚かだった」

「そして死ねもせずおめおめと帰ってきた」

下手な慰めも出てこない。あなたのせいじゃないですよと、言ってどうにかなるのだろうか。人の罪悪感にはいろいろなかたちがある。みぞおちを圧されたような気持ちがする。重いものを背負って生きてきた人たち。

「しかし今宵、死んだ者たちが帰って来る」

「英霊も」

「波に連れ去られた者たちも」

「死者たちは、我らにまぎれるため衣裳を着け、我らもまた彼らに」

「今宵、新しい天子さまが生まれる」

「われらをすくいに。霊たちをなぐさめに」

「それって」

老人たちは、何を言っているのだろう？　後ろからクラクションを鳴らされて、それ以上話をすることがかなわない。


視界の果てまで、この地が海に出会うその際まで、続いているのだろう人の蠢きにめまいがし、それがふと曼荼羅《まんだら》にも見えた。

聖なる混沌だ。

神域と言えば神域。すでにカーニヴァルさながら。祭り囃子《ばやし》が聞こえる。日本人なら誰もが一度は聴いたことがあるあの笛と太鼓。そこに異国のリズム。サンバみたいな山車《だし》も出ていれば、キラキラ光る管楽器を持ったマーチングバンドもいる。子どもが走り抜けていく、と思うと、小人だ。小人はアクロバティックな動きで駆けてゆく。昔は小人のプロレス番組があったという。今は不可視な彼らは、普段いったいどこにいるのか。あるいは驚くほど高い竹馬に乗った人。大道芸人。屋台、テキ屋、いろとりどりの風船、醤油の焦げる香ばしい匂い、ケバブ売り、道化たち、鳥たち、獣たち。のぼりにスローガンにシュプレヒコール。……「人の使い捨て反対」「北方領土は日本固有の領土です」「TPPは食を破壊する」「われわれは陛下を守護する」「NO NUKES! 原発をゼロに」「平成ええじゃないか乱舞の会」「南無妙法蓮華経」「打ち壊せ! 今こそ米一揆」「悔い改めなさい、神の裁きは近い」「フクシマのワンちゃん猫ちゃんたちをたすけてください」「グラウンド・ゼロに育つ赤いきのこに訊きなさい」「いちエフ労働に労災を」「地震は人為的に起こされた　イルミナティの陰謀」……

ありとあらゆる集団がいて、しかし、全体としては平和で活気がある。大きな旗があちこちで翻る。だが、何かの旗印のもとに人を集めるために振るわけではなく、純粋な快感として、彼らは旗をはためかせているような感じがする。風と一体になり全身で、龍のように動く。はるか上空を鳶《とび》が飛ぶ。

こんこんこん、と僕の車の窓を叩く者があった。子どもだった。小学校二年生くらい。

「ヨウジさん?」

「君は?」

「ふね」

子どもは言った。表情は読めない。表情が読めないのは、薄い布越しだから。けれど、存在が笑っているのはわかった。巫女さんのような格好をしていて、顔は半透明の薄衣で覆われている。そしてさらに小さなおかめやピエロや狐の面の子どもたちを従えていた。

「誰に」

誰に頼まれたの、と訊きそうになって、やめた。

「で?」

「来てください」

子どもが腕を引く。

「車は?」

「すてて」

車を近くの停められるところに停め、子どもに手を引かれ、かつての市街地のはずれのほうへと歩いて行く。お面の子たちもついてくる。陽が高い。

「ねえ歌って」

僕の手を引く子どもが言う。

「歌はうまくないんだ」

「そうかな?」

「そうかな、ってさ」

「その子みたいに」

「ギターみたいに?」

「うん」

エレクトリック・ギターの声。エレクトリック・ギターの声は比類ない。僕は、好きなギターの高音域のパッセージを声で真似しようとしてみる。ふたばのような声で歌えたらいいと思う。でもそうは歌えない。

「とてもいい」

子どもが言う。

「どうぶつみたいだよ。うーん、あざらしとか?」

「それはほめられたね」

この風景には見覚えがあった。しばらく歩いて、砂地と化したゆるい斜面を登り切る。と、そこにあのテント小屋があった。

中に入る。

「さあ行きましょ」

やはり子どもに手を引かれ、僕は思い出す。内側には黒い生地。暗幕。そう、この素材は、暗幕だ。学校でテレビや映画を見るとき引く、厚手の黒いカーテン。中は本当に暗い。かつて人形劇が演じられていた舞台は、中央のうろのようで、このとき初めて僕は、舞台が円形だったことに気づいた。人の気配が満ちている。低いさざめき。でも姿が見えない。子どもの手の、感触だけがリアル。だからそれはとてもアンリアルなことでもある。

「ここで殻をすてて」

「え？」

「ぬぐの」

反論する暇もなく、たくさんの手に服を引っ張られている。そしてそこにいるよりずっと多くの、何かが笑いさざめく気配。子どもを払いのけたら、怪我をさせかねない。自分の体の大きさと、力の強さを制御しきるすべはない。自分で服を脱ぎ始める。代わりに何かを着せられる。何かは、見えない。

「着替え」を終えたのか、子どもが僕の手を引く。

「ギターは持った？」

「あ、はい」

僕はストラップを肩からかける。歩き出す。

しばらく行くと、あたりは深い森になっていた。おかしい、と僕の理性は告げている。ここはテントの中だったはずだ。それとも劇のセットなのだろうか。いや本物の森だと僕の全身の毛穴が言っている。バックステージが森とつながっていたのだろうか。僕の皮膚は森を呼吸する、吸収する。濃い森。暗いほどに緑が濃い。おそれさえ感じさせる原初の森。でも光はある。木洩れ陽がうつくしい。緑が昏《くら》い分、よりいっそう。目は見えるが、自分は自分で見ることができない。そんな当たり前のことを、認識する。当たり前だが哲学的かもしれない。でもやはりここは変だと僕の理性は繰り返し言う。けれど僕の感覚は、まどろむようにここと一体化したい。やがて潮の匂いがした。まばゆい光。

トンネルを抜けるように、海辺に出た。最初に見た、人のカオスの浜の風景だった。それをちがう方向から見ていた。

何もなかったかのように人波に紛れる。お祭り騒ぎと仮装者の群れの中、誰も僕を気にしない。たとえ僕がどんなに突飛な格好をしていたとしても、ここでは誰も気にしない。しばし、誰でもなくなって群れの中をたゆたう。そこここで奏でられる音楽やお囃子に合わせてゆるやかに体を動かす。体がほどけてゆく。しばらくたゆたっていた。茜、紫、そして黄昏の黄色っぽいフィルターが空気にかかる。

「家だ」

不意に、誰かが言った。

「海に」

今や夜より黒く見える海に、家が浮いて動いていた。家はゆっくり流れて岸へと向かってきていた。

いや。

船？

それは巨大な屋形船のように、壁や窓や屋根を戴いて水に浮く、何かだった。そして屋根の輪郭に、光が灯っていた。

海の彼方より、家のかたちの船が流れ着く。それは、黄泉の国から戻った霊柩車のようにも見える。

「さあ、鳴らして」

誰かが僕に、はっきりとささやいた。見回すが誰なのか定かではない。

「鳴らすってギターを？」

僕は低く声に出して返してみる。

「そう、あなたを」

ギター本体のヴォリュームを徐々に上げてゆく。ふわっと産毛が立つような、電気が通う感触がくる。

あたりには、電気増幅された音はない。

なぜだか始めの音を託されたのだと、僕は思った。始めの音を出すというのはいやなものだ。

空で音をまさぐると、産毛は立ったまま、予兆を感じる。人の中に波のようにある、不安や高揚やあきらめや希望。背後にざわめく山と森。鳥の遠鳴き。獣の気配。視線の延長線上にどこまでもつながる海。

不意に、半分のピックを使おうと思い立った。モノにも運命というのがあるのなら、あれは、そう運命づけられている気がした。

何を弾けばいいかわからない。けれど吸い寄せられる弦がある。

最初の音を出す。失敗だ、とっさに思う。半分のピックは安定せず、電気の出力も予測できない。音は唐突に響いた。

しかし唱和してくる音たちがあり、唐突な最初のノートは、ハーモニーの中に組み込まれていった。同胞がいることを、そのネットワークのかたちを、初めて見る。輪に配置された同胞のギター弾きの存在。

どの音も安定しているとは思えない。そして単独で存在しえない。響きあって重なって、ひとつの場をつくる。ギター弾きは、合わせて十二人。自然と、その環の中は無人になった。僕たちは古代のストーンサークルのように並んでいた。

「Now, let Earth receive her queen!」

きらびやかなアナウンス。すべてのラジオから高らかに流れる。

クリスマスの讃美歌、"Joy to the World"の歌詞のもじりだ。中学高校で歌わされたのでよく知っているし、ポップスとしたって出来のいい歌だと思う。耳に残る。日本語で「もろびとこぞりて」と言われる歌。イエスの生誕を告げ、地球にその王を迎え入れさせよ《レット・アース・レシーヴ・ハー・キング》、とそれは呼びかけている。その「王」の部分が、「女王《クイーン》」になっている。こんな歌だった。

もろびとこぞりて　迎えまつれ
久しく待ちにし　主は来ませり　主は来ませり
主は主は来ませり

「Star of electricity!」

木霊《こだま》やおかめやピエロの面を着けた子どもたちや、小人たちが、歓びに舞い踊る。それが全体に伝播《でんぱ》する。複雑なビートが打ち鳴らされ、けれどそれに乗るのはとても楽で心地よい。

「船」は浜へと着くと、こちらへ向かってきた。タグボートに曳かれてきたトレイラーなのだった。普通は金属製の箱であるコンテナ部分が、今は、木でできた家屋型なのだ。屋根は、寺院の本堂の正面についているような、丸みを帯びたかたちだ。コンテナーは本来「容れ物」という意味だ。ならば、どんなかたちでもいいわけだ。それが容れるものが、コンテナーの生命である。トレイラーは、月明かりだけを頼りにゆっくり進む。よく見ると、進む道には白砂が敷かれている。白砂を踏んで近づくさまは、さながら祭りの山車、あるいは、神輿《みこし》。

山車《だし》に付き従いながら、仮面の異形者が踊り歩く。空気が変わる。磁気を帯びた冷たい空気が流れるのは、おそらく気のせいだけではない。仮装者がいっぱいのこの会場でも、彼らの異形ぶりは特別だ。全身に木の葉や海藻を巻きつけた者。黒い面、赤い面。仮装者たちが人間として変装を楽しむ者たちならば、彼ら異形の者たちは、人間でなくなることを目的にしているようにみえる。人間の力を返上し、代わりに森羅万象をその身にまとおうとするような。彼らは自然神や鬼、東北のなまはげにも似ているとおもう。月明かりとわずかな電気の灯《あか》りの下で踊り歩く彼らは、見る者に畏怖さえ起こさせる。子どもなら泣き出すだろう。

自然発生的に始まる、念仏、読経、密教の題目、どこかの国のチャント、祈りの文句、詠唱。聖書からコーランまで。そう、自然は誰にでも恵みを与えてきたし、奪うとき、誰から奪おうなどと考えなかった。幾多のラジオはまるで昆虫の群れ。静かなときにもハム音を鳴らしながら、きっと人にわからない音域で笑いさざめき語り合い、共鳴している。

どんなリフを弾けばいいのか僕の頭は考えている。でも手は、体は、その前に動いている。少しささくれたような電気音の輪郭にせかされて。体の中で、電気が爆《は》ぜる。心が爆発する。夢中で弦を弾《はじ》き、擦《こす》る。自分の音は、ボディそのものと、アンプリファイアと、そこここのラジオから聞こえてくる。ラジオはサウンドシステムでもある。どこからか他の演奏者たちも集まる。円形の外殻ができる。なんの段取りもコード進行もなく、音が合わさってゆく。音はオーバードライヴがかかっていて、意図したような音には決してならない、が、そこがいい。意図を超えた大きなものに、体が引かれ延長されていって、空中で他の音の体の延長たちと合わさる。そしてもっと大きな、もっとままならない透明な巨人のように空に立つ。僕はそれに従う下僕にすぎない。

大きな音の体。巨人として空に手を伸ばし、あるいは地を這う者たちを包もうとする。立ち上がっては崩れ、崩れては立ち上がる。僕の体じゅうが細胞じゅうが、細かく細かく振動していて、まるで、オーガズムの前をずっとずっと、耐えている感じ。でもどこまでが自分の体？　そう、こうだった。エレクトリック・ギターを初めて持った頃、こうだった。

音の巨神は、空気中に目に見えるようだ。巨人の体に包まれて、コンテナーが変容をはじめる。

コンテナーの中からは何かの歌が聞こえる。古い労働歌、野良歌、土着のブルーズ、そんな感じの歌。それに槌《つち》の金属的なビート。

羽化するさなぎのように、屋根が開き、光が漏れてきた。壁も、まくれて下がってゆく。光が流れ出る。

壁は階段となり、そこにはトレイラーの車輪の高さの舞台があった。

舞台は、木の柱や梁《はり》が剝き出しで、できかけの家のようだ。あるいは、壊れかけの。

舞台の中央に、ねじのような螺旋階段があり、てっぺんに白装束で白い仮面のパフォーマーが立っていた。電気の灯りは最小限で、照明はかがり火。仮面の表情は、よく読めない。読もうとする心そのものが映されてしまうようにも思う。菩薩《ぼさつ》にも般若《はんにゃ》にも、かおなしにも、鏡にも。

パフォーマーが片手を挙げる。

そして下げる刹那、稲光の一閃が海上に立ち雷鳴が鳴った。本物の。驚きの声が波のようにあがる。

仮面のパフォーマーは月に向かい、遠吠えをした。

遠吠えとしか言いようがない。遥か遠く、山の向こうにまで届くような声。

パフォーマーは身を反らせギターを弾く。垂直に立つ音。ギターは声と合わさり声を延長してゆく。どこまでもどこまでも遠くへ届く、長い長い音。いつしか、ギターの音が声に代わる。

山がざわめく。獣たちが、遠吠えを返す。姿は見えない。ただ存在が夜に満ちている。飼い犬たちも太古の呼び声に応えるように遠吠えを始める。小型犬はキャンキャン吠えたてる。パフォーマーは、それらをなだめるごとく子守唄のようにひとしきり歌い、それが今度は鳥のさえずりのようになってゆく。森の鳥たちが、夜なのに異常に騒ぐ。風が吹く。月を薄く覆っていた雲が今しも払われる。幾万の虫の羽根のこすれる音、秋の草の陰の虫の音《ね》、一体なんの虫なのかそれとも人の声なのか。

そして、海に棲む哺乳類の音。クジラやイルカの歌う声。

それはあの日ふたばがやったのとそっくりのギターの最も高い音域で遊ぶ音。そして喉を鳴らす音。

子どもや、年若い者たちがそれに追随する。やはりあの日のように。彼らは超高音で歌いながら歯や手持ちのものを打ち鳴らし、ある者は飛び跳ね、ある者は旋回する。

そこここで、人が泣き出す。揺さぶられるのか。低く、あるいは嗚咽し叫び、誰かの名前を呼び。

そこここで、人が笑う。ふつふつと独りで、あるいは爆発的に。泣きと笑いは、同じものに聞こえる。

僕はギターを鳴らし続けている。自分の出すべき音は決まっていて、そこへと導かれるが、導かれるまでどんな音かわからない。出力も相変わらず予測できない。けれど唐突な一音も、他の音たちと合わさって大きなハーモニーを組む。誰かが誰かに合わせるのでなく、音たちは同時に出逢う。

体じゅうで感じる。泣く者笑う者沈黙する者奏でる者、山や鳥や獣や虫、何ひとつが欠けても今、この体験にはならない。ちっぽけな自分を感じる、しかしそのちっぽけな自分なしには、世界は完全ではない。

舞台はさながらドールハウス。かがり火に照らされたドールハウス。中央に螺旋階段がせり上がる、手動装置で。パフォーマーは人間の大きさの人形にも見える。ねじ式の螺旋階段を回す男たちは、古い労働歌をうなるように低く歌っている。それが祭りの通奏低音だ。階段の上り下りをするとき、僕は仮面のパフォーマーの足元に赤いハイヒールを見る。左右、どちらも赤だが、ちがう。片方が古びてプラットフォーム型で。そもそもそのいでたちにハイヒールは、ミスマッチで切実で、けれど他にどんな風であってもちがう。巨大な力がすべてをかきまぜたこの地で、それは正しい順列組み合わせに思える。

中央の仮面のスターを、なんと呼んでいいのか。僕は魅せられ、僕は困惑する。ふたばのようだしふたばのギターを持っているが、ふたばという確証もない。ごく自然に、思いもかけないことを、僕はつぶやく、

「天子様?」

その人が歌い出す。アルトくらいの音域から、豊かなテノールに下がり、だんだんあがってソプラノ、そして意味をまったく伝えない超高音域に達し、その音域を出し続ける。そしてまた歯と歯をかちかち打ち合わせ、イルカのように啼《な》く。

それに反応する観客たちは、沸騰状態で踊る。僕の中も沸騰寸前だ。周囲が高周波で満ち、声やギターや打楽器や地響きが干渉波のようにぶつかりあう。音が人の体の許容量を超える、
と思ったそのとき、僕が割れて、圧倒的な水が流れ出した。

風景。

僕の記憶ではない風景。

風景というにはあまりにリアルに身を取り巻く、他者の体験。

僕は水の中にいる。圧倒的な水だ。直前の記憶もなくし、ついには個人の感覚もなくし

てしまうほどの水。僕は流されている。目の前に不意に、どこからかイルカ。今や豪流の川となった市街地をゆくイルカ。

ビルの二階の窓を水の中に見ながら、イルカと目が合う。どこから来たのか、沖から流されたのか、それともこれが生と死の間で見るという幻なのか。イルカの声は、立体画像。音がものに当って跳ね返り僕の中で瞬間的な像が結ばれる。外の世界が内でわかる。未来も過去もみなひとつになって、私は冷たい水の中。イルカが、猛スピードで流れてくるトラックと併走する。イルカは泳いでいない、弾丸のように身を伸ばし豪流に身を任せる。慣性そのものの物体。トラックも同じ。自分だけが無様に手足を動かす。同じスピードで、自分も流されながら見ると、豪速球のごとく進みながらすべては止まっている。イルカと私とトラックと。流れの層により速度にちがいが生じると、抜きつ抜かれつ、上になりつ下になりつし、さながらメリーゴーラウンド。どこからか音楽が聞こえる。キャバレーの電飾が流れてゆく。ミラーボールが流れてゆく。小さな頃、移動式の遊園地が浜にやってきたことを思い出す。家族四人で行った。妹の笑顔。母親のスカートの生地。父親の赤い手のひら、黒い手の甲。爪。どれも触れられそうで触れられない。どこかの店先のマスコット人形も流れてゆく。無敵の笑みをふりまきながら。トラックはビルに当たってクラッシュする。が、イルカは巧みにコーナリングする。そのイルカが壁となって、自分はビルにぶつからない、イルカもろともコーナリングする。今度はイルカに回される。イルカの体と水流で、渦巻きができる。回りはじめる。渦にだんだん呑まれていった。苦しかった。渦の中心に行くにつれ、世界は白く光ってくる。苦しかった。靴と離れてしまった。いつしかイルカも見失った。遠心分離されるように、記憶がはがれてゆく。あるいは、そこに渦巻くものたちはみな私の記憶たち、私は気泡のひとつ、天に昇る。気泡から生まれる姫の話を、いつだか考えていた気がする。いや死んで気泡になるのだったか。水面は丸い、光の窓。苦しくない。

ふねがいた。

天上の音楽が降り注ぐ。

音は光の具現、

ふねは、かみ。

ふねはロープを垂らしてくれたからつかまった。

ふねは、ギターだった。

僕はギターを抱いている、ようでいてギターにしがみついている。この地上で、半分浮いて、半分沈みながら。すべてが瓦礫になっていったこの世界で、この肉体を託すもの、魂を保存し終末を生き延びる宇宙の方舟。それが瀕死の僕に語りかけてきた、天上の音で。

かつてこんな世界はろくでもなく、壊れてしまえと思ったその世界が壊れていく、おそろしさと痛快さと罪悪感、でも、速い乗り物でそこを抜けていくのはただただ快感。波の面《おもて》を、波の裏を。音の速さに乗っていると、いつしか意識は音を追い越し音を観る。世界を観る。光を観る。水の中の水、光の中の光。

不意に、大きく息が肺に入ってくる。ギターという時空のサーフボードに乗って、海を飛ぶ。空を見る。生まれてはじめて見るように。

僕はギターを弾いている、ようでいてギターにしがみついている。

ギターがこの世になければ死んでいたかもしれないのは僕も同じだ。

地上に立って空を振り仰ぐ。

そこに見たこともない光の船が浮いている。

地球上で今まで見たどんな乗り物より優美な。

それは長い二等辺三角形に近いかたちで、半分のピックの形にも似ているし、ギターに似ていないこともない。

それを、居合わせた人々がみな、呆然と見つめる。

船は不意に去った。瞬間から瞬間へ飛ぶかのごとくの消え去り方だった。船の去った天空に、見たこともないほど大きな満月が浮いていた。

——ねえ、聞こえる?

声がした。

「ねえ、聞こえる?」

頭のなかに、声。

でも僕だけが聞いているのではない。あちこちで、聞こえる、とか、うん、とか、ヤー!とか、いう声が上がる。人々は舞台の上のパフォーマーに向かって、指を指し、拳を突き出す。

「私だと思っているものを見ても、何もない。言ったでしょう、私はDJテレキャスター、テレ/遠くから、キャスター/発する者。この私は幻影、私はラジオ、私は通路、私は媒体。私は透明、あなたもね。

あなたもラジオ。あなたが媒体。私たちの番組はこれでおしまい。ここからは、あなたはあなたの番組を受信する。この世界に、あなただけに宛てられた声。これからはあなたが発信する。あなたが愛する者に、欲する者に、あなたを求める声に応えて。そして混線していきなさい。境界を広げなさい。混じりなさい。すべてが一度混ぜ合わされたこの土地で。ここではなんでも起きる。混じりながら、あなたでありなさい。あなたはただの箱、でもその箱なしには、宇宙は完全ではない。

今大きな意識となりし者たち。それはあなた方の自然、ただ忘れていた。忘れて、膚《はだ》に隔てられた自分を、自分と感じてきて閉じ込められていた。何をしても寂しかった。その寂しさが癒えることはなかったでしょう。

津波を生き延びた人や、至近で原発事故に遭った中に、不思議な話をする者たちがいた。ここにはありえないと言われるものに出会った者たち。周りが信じてくれないので、私たちは秘密の話をした。言葉を交わす必要さえ、なかった。

動物や植物や昆虫や鉱物と通じた者。いろとりどりのきのこに助けてもらったという子ども。蜘蛛の糸のアラベスク模様のネットにすくわれて、いないはずの動物や絶滅したといわれる動物に出会い、あるいは意思を持って飛ぶ胞子に拾われ、鉱物の王国に遊ぶ。イルカやクジラやニホンオオカミや龍や三本脚のカラス、時に身を挺し、時に道を示して去って行った人やモノや動物たち。

彼らの話に耳を傾けなさい。彼らはこの地球でのこれからの生き方を知っている。古いやり方が崩れようとしている。彼ら、特に子どもの言うことに耳を傾けなさい。彼らは通訳。異種の言葉を私たちに伝えられる。

異種と生命のやりとりをしたこと、それは彼らにとって、懐かしい人たちに会うほどリアルなことだった。死んだおじいちゃんやおばあちゃんが助けてくれたというのと同じくらい、いいえ、おとうさんやおかあさんの存在と同じくらい、リアルなことだった。

生き残ったことがすごいのではなく、生き残ってからが、本当に苦しい。

どんなすばらしい体験をしようが、これから生きて行くのは苦しい。生き残った罪悪感。大事な人の手を放してしまった、痛恨の念。取り返しのつかなさ。見放された記憶。幸せな記憶が、あれば苦しい、なければ虚しい。すべて壊れる、すべて持ち去られる。ある人々は、元の暮らしに戻れない。家がなくなったというだけじゃなく。同じ人間でいられない。同じ人間でいられない。同じ家族に戻れない。同じ言葉がしゃべれない。ハイブリッド種になってしまったみたいに。

元の群れからはぐれてみると、昔からそのように生きる人たちと出会った。この日本でも、そんな人たちがいた。彼らはこの国を流れる底流。国を超えて流れる水。流れる芸能者たち、異形の者たち、小人たち巨人たち結合双生児たち。異形というが、彼らは本当に人間らしい。助けあって暮らす。何かの理由で、ちがう世界と混じりあって生まれてきた人たちなのかもしれない。

さあ、行きなさい。あなたがもたらすべき福音のために」

明かりが、ふっ、ふっ、と消えてゆく。電気的な明かりが消え、かがり火や松明《たいまつ》がひとつひとつ。そしてついには、月の光だけになった。

もいで食べられそうな、銀の果汁をしたたらせそうな、立体の月。満月の光とは、なんと明るいのだろうか。ものごとは、なんとくっきりしているのだろうか。白日のもとよりもおのおのが姿をはっきりさらされ、月にはすべてを見られ、そしてすべてを見過ごしてもらう。

「今、一をかたちづくる者たち、はぐれなさい、安心して。ばらけなさい。ばらばらほど、融合するものはない」

混ざってゆく人波の中、僕は、舞台上の仮面のパフォーマーを目指す。

螺旋階段の上から、仮面のその人が僕に手を差し伸べる。僕も腕を伸ばす。つながりあった手のひらのぬくもりの中に、懐かしいかたち。

半分のピック。

僕はそれを受け取り、自分が持っていた片割れを、返す。

パフォーマーはそのピックでギターを鳴らした。

近づいては、離れる。離れてはまた、近づく。二人の間には、引き合い反発しあう電気がある。

仮面のパフォーマーはまたつぶやき始めた。

「アメリカの小さな町で職がなく、俺は軍に入った。

軍は俺を食わせながら、あそこに行って奪ってくるんだと俺に教えた。

あいつらは悪い奴らだから。そう言って見知らぬ土地の見知らぬ人々からエネルギーを、あるいは生命を。

除隊したのは沖縄基地。

エメラルドの海にやってきた、北国の娘に恋をした。

俺の知らない真白い肌。西洋人にはないなめらかさ。俺が闇なら彼女は月、満ちた月。

月の女が住む土地に住もうと思った。そこで骨をうずめようと。どうせ故郷のない身ならば、女の故郷を故郷としよう。

そこはなんと戦争を自ら放棄したという国。そして、平等が成し遂げられた国。

なんと、母国がなせなかったふたつのことを、なしているという国。そのうえ、俺の母国が、そうつくったという国。二発の原子爆弾で。なんという矛盾。

しかし、奇跡を俺はそこに見た。優しい人たち。なぜ彼らは許せるのか。そしてもてなし、ほどこし、安全という感覚。生まれてはじめて、俺は、心から安心した。なるほどここは、よじれているが、約束の地ではあるまいか、俺は思った。

俺には母国がない、俺にはひとつしか母国がないが、たったひとつの母国それは俺の母国ではない。俺は、母なる南の大地から連れ去られし民の末裔《まつえい》。だから俺は故郷をほしがったのだ。骨をうずめるに値する故郷を。双葉町がそれだと俺は思った。生まれた子どもにはふたばと名づけた。新しい土地に根付く新しい種子。種子からはじめに芽吹く葉、ふたば。俺が初めて手にした、俺だけの家族。家族のためならなんでもすると、俺は思った。

そして、いちエフがあった。外国人だってそう呼ぶ、いちエフ、福島第一原発。

軍隊と一緒のことさ。そこしか仕事はなかったのさ。

バベルの塔さ。言葉が通じない。ねじのサイズも伝えられない。0・01ミリの狂いも許されないところで。

ものを落としちゃいけないところで、ものを落としても伝えられない。そのうち、わざと落とすようになった。ささやかな復讐が楽しくなった。

許してくれ。なんでもすると父は誓った。でも、耐えられないことがあった。

すまない、父を許してほしい。

弱い父を」

歌は、始まったときと同じようにとつぜん止まった。

僕は自分の父を思い出す。

父は、すごく働いたし稼いだ。父はマッチョだと僕は思っていた。女性関係も激しかった。でも、愛からそうしているのかが、わからなかった。何を愛しているのか訊く前に、父は死んだ。僕は父とはちがうと思いたくて、ちがう道をとったつもりで、父の影にはどこか縛られた。ギターを愛しながら体育会に入るものと決めているようなとき。新聞社に入ってみれば社会部に行くのが当然と思っているようなとき。

気づくと僕はこう言っていた、

「父よ、許すも許さないもない。弱いは強いより劣るものではない。

父よ、私はあなたと涙が流したかった。弱いあなたと。

私はあなたと涙が流したかった。あなたが血の涙を流すなら、それをこの地にこぼして、ひれ伏したかった。あなたが失ったもの、見られなかった夢、この地の失われた者たち、奪われた夢、悪夢となった夢、それでも寄せては返す、波のため。火のため、水のため、大地のため。月が昇る。すべての涙を集めて月が昇る。

あなたには、何ができなくても、できることがあった。それは存在すること、共に在ること。それだけでいい」

僕の脳裏を何かの予兆がよぎった。それが何かわからないうちに、指はまるでちがう曲調を弾《はじ》きだしている。知らない風景が閃光のようにやってくる。

ふたばの父親の、深層。僕はハーモニクスを弾《はじ》く。光のスプリンクル。まるで魔法の粉がかかったように、草原に、町がひとつ、できる。

そんなふうにとつぜん言葉が、僕の口をついて出てくる。

僕のものではない、僕の声で。

「ふたば。秘密の風景を教えよう。長い間、誰にも言わなかった。

秘密の風景を教えよう。故郷の風景だ」

そうして僕の中から、歌が生まれる。ギターからは、ブルーで、甘く、強い音。ふたばの父親の声と音。

「カーニヴァル。

カーニヴァルを愛していた。

草っ原と青い空の間に、ある日雲がもこもこ膨み出す。

オズの魔法使いが現れたのか、
と思うとテント。

ぴかぴかのマーチング・バンド、
メインストリートを横切る蜃気楼。
馬や、他の動物。強烈で、いい匂い。ショウガールたち。ダンスや軽業をしながら歩く
合間に投げキッス。強烈で、いい匂い。
子どもが駆けていく、と思うと小人。
目を奪われた。そう、小人がいた。
俺はパレードについていった。
テントに入る金もなく、あきらめきれるでもなくうろついていると、小人の女の子が僕
を裏から入れてくれた。
そこでは小人が働いていたし、芸をしていた。おとぎの国みたいに魅せられた。
初恋は、小人の女の子。テントのすそにもぐってキスをした。
カーニヴァル一座ではブラック・ピープルもいきいきしていた。
誤解するなよブラック・ピープルはもう、平等だったさ、選挙権もあったし、逆差別っ
て言われたアファーマティブ・アクションだってできたさ。
でもなぜか俺にはカーニヴァルの彼らが、自分の人種《マイ・ピープル》だって気がした。
毎年来たカーニヴァル。僕が初恋の子よりずっと背が高くなってでも、初恋の子はその

ままの背で。

いつしか小人はいなくなり、次に巨人が、蜘蛛女が、いなくなった。ブラック・ピープルは相変わらずいたけど、なんだかしょぼくれて見えた。

俺が育った頃、ハンディキャップド・ピープルを見世物にするのは政治的に正しくない、っていう考えになったんだよ。でも政治的に、ってなんだ？　人口のいくらかは絶対にそういう人たちだろう。そういう人たちは、同じ条件で工場で働きゃ平等か？　それにみんなR2－D2好きだろう？　R2－D2の中には小人が入ってんだよ、見えなきゃいいのか？

そしてある年ついに、カーニヴァルが、来なかった。

泣いたら親父に殴られた。女々しいことを言うなと。

カーニヴァルが来た原っぱには全部、家が建った。

俺にとっては、町がひとつ消滅したのと同じ。水に沈んだのと同じ。

あの国はどこに消えたんだ？

いつか、マイ・ピープルのいるところに行きたい。そう願った。

自由になりたかった。

育った時代が悪いのか？

それとも俺が悪いのか？
小人や蜘蛛女のブロマイドを持ってたよ。魔法の国のお守りみたいに。
親父に見つかって焼かれた。殴られた。
こんなナム《ヴエトナム》のようなものを見せてくれるなと。二度と、二度と、二度と！
親父には片腕がなかった。利き腕でないほうの残った腕で親父は俺を、何度も殴った。
けれどそのことも、いつしか忘れた。いや、心の底に沈めた。
思い出せてうれしい。
俺も、会いに出かければよかったんだ。弱虫だった。
お前は強いな。
強さとは、こう在れるのか。
今宵、俺はここに来られてうれしい。
呼んでくれてありがとう。
……息子よ」

ふたばの父親が、僕の中を通り、そして去って行った。
僕の唇から歌は、ふいと消え、僕を包んでいた濃い気配も消えた。

自分のギターの弦の残響も消えて、しかし人々がつくる音とざわめきが、絶えることなく場を満たしている。人々が、個を超えて語る音。

僕は、最後の言葉に静かに衝撃を受けている。

息子。

ふたばが男の子だったとは！

仮面のパフォーマーは、手で仮面を覆った。人形劇の人形がする芝居みたいだった。

パフォーマーは、僕の前で静かに仮面をとった。

「ふたば」

僕は呼びかけた。

月の下。背が高くなった。少し面長《おもなが》になり、目の強さは変わらない。眉、鼻梁《びりょう》、たった今やわらかいものをこねてかたちづくったような唇。淡褐色《たんかっしょく》の肌は、月の光を吸って鱗粉質のように発光していた。

ふたばは衣を、殻のように落とす。

そこに現れる体。

優美な首筋のライン、鎖骨、肩、胸。

僕を静かに愛が満たしてゆく。この愛を僕は、名づけられない。

ふたばはゆっくり僕に近づく。そして引力が耐え切れなくなって、唇と唇が重なる。それは濡れて、それはあの日のギターを濡らしていたのと同じ匂いと味がする。僕を濡らす涙とも。

ふたばは自分がかぶっていた仮面を僕へと着ける。仮面はひた、と顔についた。

次に目を開けたとき、世界は同じではない。焦点が雲のように消える。世界は連続するのをやめて、点の集積で、自分もその点の中に消えている。世界は、思ったよりずっとやわらかくできている。

視界は点滅する光の織りなすタペストリー。

存在は、点滅の連続。誰もが小さな生き死にを幾千万回も繰り返している。花火のように美しく、はかない。それが生。誰もがいつも、小さな死者であり、けなげな生者である。誰もがいつも、男であり、女である。人であり、モノであり、獣であり鳥であり虫であり鉱物であり、木であり森であり海であり土である。

森羅万象、かき混ぜられた後の世界、その瞬間瞬間の、奇跡的な順列組み合わせ。

荒れ果てた国土。しかしそれが生むうつくしい何か。

仮面は汗と涙の、汗と涙は海の、匂いがする。

あの日あのギターの内側からした匂いがする。
女の匂いがして男の匂いがする。
僕は、すべてが溶けた海に浮かんでいる。
僕は、ふねだ。
新しい海へと漕ぎだす。

初出

「箱の中の天皇」　『文藝』二〇一八年冬号
「大津波のあと」　『新潮』二〇一五年一〇月号

主要参考文献

箱の中の天皇

『折口信夫』安藤礼二（講談社）
『苦海浄土 全三部』石牟礼道子（藤原書店）
「王の二つの身体」大澤真幸（『みすず』33巻9－10号 みすず書房）
『チッソは私であった』緒方正人（葦書房）
「水の女」「大嘗祭の本義」「死者の書」折口信夫（中央公論社『折口信夫全集』）
『大正天皇』（朝日文庫）・『昭和天皇』（岩波新書）原武史
『「東京裁判」を読む』半藤一利・保阪正康・井上亮（日本経済新聞出版社）
『初版 金枝篇』フレイザー／吉川信訳（ちくま学芸文庫）

大津波のあと

『東北学／忘れられた東北』赤坂憲雄（講談社学術文庫）
『グラウンディング・ミュージック』谷崎テトラ（リトルモア）
『原発労働者』寺尾紗穂（講談社現代新書）

赤坂真理　あかさか・まり

東京生まれ。
編集長をしていた雑誌『ＳＡＬＥ２《セカンド》』に書いた小説が
文芸編集者の目にとまり、一九九五年「起爆者」（『文藝』）でデビュー。
以後、体感を駆使した文体で、人間の意識や存在の根源を問い続ける。
二〇一二年、アメリカで天皇の戦争責任を問われる日本人少女の目を通して
戦争と戦後を描いた問題作『東京プリズン』が大きな話題となり、
戦後論のさきがけとなる。
同作で毎日出版文化賞、司馬遼太郎賞、紫式部文学賞を受賞。
他に野間文芸新人賞受賞の『ミューズ』、
寺島しのぶと大森南朋の主演で映画化された
『ヴァイブレータ』などの小説作品がある。
批評にも情熱を持ち、『愛と暴力の戦後とその後』などがある。

箱の中の天皇
二〇一九年二月一八日　初版印刷
二〇一九年二月二八日　初版発行

著者　赤坂真理
発行者　小野寺優
発行所　株式会社河出書房新社
〒一五一－〇〇五一　東京都渋谷区千駄ヶ谷二－三二－二
電話　〇三－三四〇四－一二〇一（営業）
　　　〇三－三四〇四－八六一一（編集）
http://www.kawade.co.jp/

ブックデザイン　鈴木成一デザイン室
組版　株式会社キャップス
印刷　大日本印刷株式会社
製本　小泉製本株式会社

Printed in Japan　ISBN978-4-309-02775-3

東京プリズン
赤坂真理

16歳のマリが
たった一人で挑む、
現代の「東京裁判」。
少女の目から
「戦後」の正体に迫る、
感動の長篇！
毎日出版文化賞、
司馬遼太郎賞、
紫式部文学賞受賞。